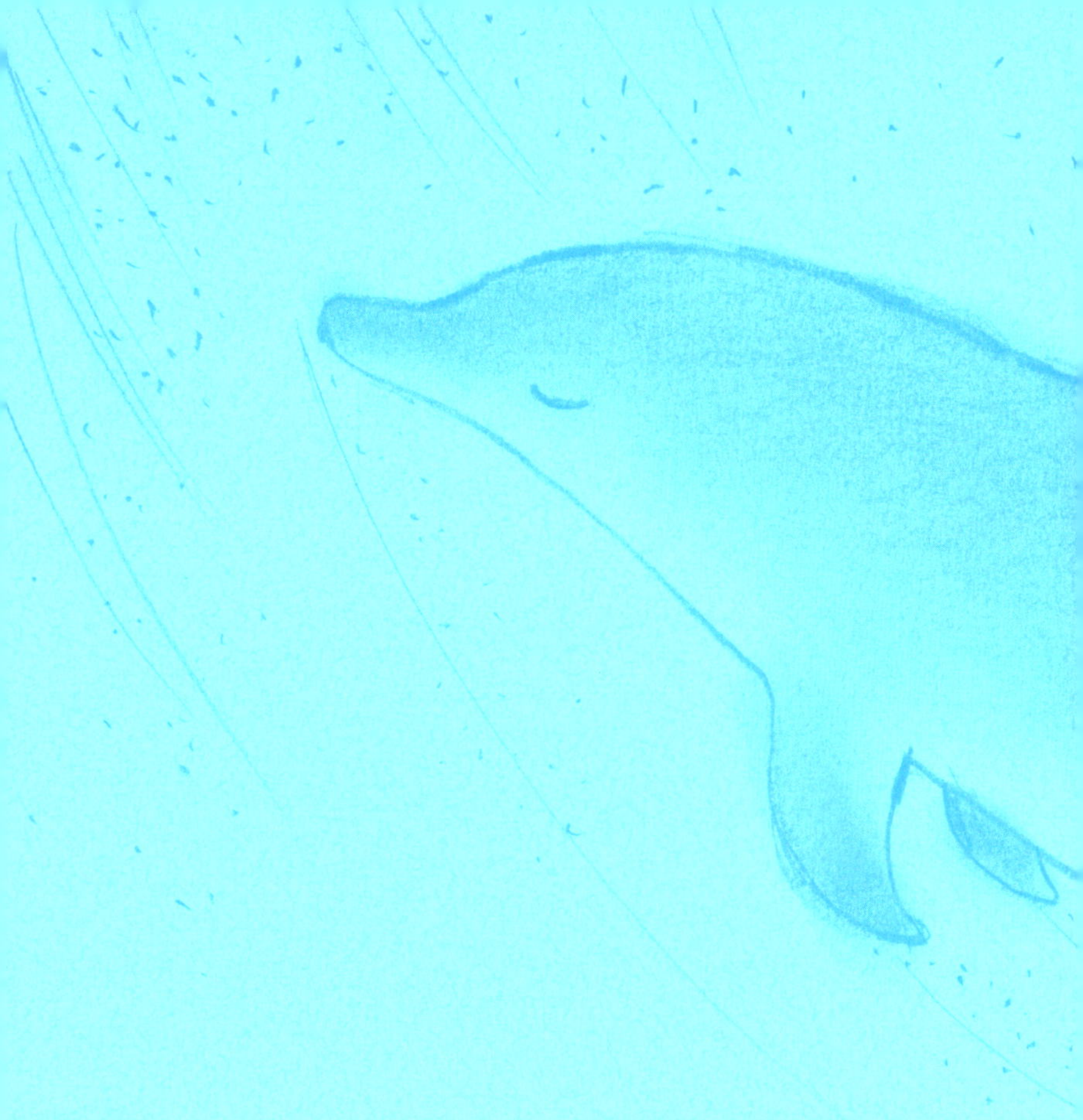

夢でみた庭

長崎夏海
佐藤真紀子 絵

講談社

夢でみた庭

装幀　坂川朱音（坂川事務所）

1

長引いていた梅雨《つゆ》が明けると、急に日差しが強くなった。

明日から夏休み。

アスファルトには、私《わたし》たちの影《かげ》が映《うつ》っている。昼前だから影《かげ》は小さいけれど、くっきりと濃《こ》い。

すっとした影《かげ》が美羽《みう》。その横の小さい影《かげ》が私《わたし》。

美羽と一緒《いっしょ》に下校するようになったのは、つい最近。一年のときから同じクラスだったけれど、あいさつをかわすぐらいの仲でしかなかった。

きっかけは、一冊《さつ》の本だった。『銀河鉄道《ぎんがてつどう》の夜《よる》』。

大好きな本で、何度も読んでいるけれど、読むたびに心の奥《おく》の深いところがふわっとなる。ふわっとなるところは、きっと魂《たましい》と呼《よ》ぶんじゃないのかな。目には見えないけれど自分を作っている核《かく》のようなもの。この本は、そこにすうっと届《とど》いてやさしく満ち足りた気持ちになる。図書室で美羽が『銀河鉄道の夜』を手にしたときには、はっとなった。美羽は、大型本の表紙をそっとなでてから、壊《こわ》れやすい宝物《たからもの》を扱《あつか》うように胸《むね》に抱《かか》えた。

それを見たとたん、私《わたし》の中にうれしい気持ちがいっぱいに広がって、気づいたときには声をかけていた。ちゃんとしゃべったこともない人に自分から声をかけるなんて、これまでしたことなかったのだけど。

「はじめて見る装幀《そうてい》だったから」と、美羽は言った。

そしてその日、一緒《いっしょ》に帰りながら本の話をした。

「借りた本、やっぱりうちにあったのとラストが違《ちが》うんだよね」

「やっぱり、そう？　私《わたし》が前に読んだ本も、違《ちが》うラストだったような気がしていたの」

私《わたし》は誰《だれ》かと一緒《いっしょ》に帰るのも本の話をするのも、はじめてだった。

おしゃべりするのは苦手で、話しかけられても少ない言葉でしか返せないから、たいていはにこにこしながら相槌《あいづち》をうつだけだ。言いたいことはたくさんあるように思うのだけれど、いつもぼんやりともわもわっとした雲みたいに広がっているだけで言葉にならない。やっと言葉になったときにはもうとっくにその話題は終わっているから、結局何も言

えない。

　だけど、この日は自分でもびっくりするほど言葉が出てきた。前から頭の中で繰《く》り返《かえ》し考えていたことだったし、言葉につまったり面倒《めんどう》な言いまわししかできなくても、美羽が嫌《いや》な顔をしなかったからでもある。私《わたし》は話がへたなのも忘《わす》れて、はずんだ気持ちですごくしゃべった。

　それからずっと一緒《いっしょ》に帰っている。

　教室ではそれまでと同じようにほとんどしゃべらない。美羽はいつも一人で本を読んでいたり、窓《まど》の外を眺《なが》めて考え事をしていて、一人の時間をじゃまするなというオーラを発していた。私《わたし》は休み時間を宿題や復習《ふくしゅう》をするのにあてていた。そうすれば帰ってから、家事に集中できる。

　うちは、六歳下《さいした》の弟のヒロと母さんの三人暮《ぐ》らしだ。父さんはヒロが生まれる前に亡《な》くなってしまった。介護士《かいごし》の母さんは家には寝《ね》に帰るだけと言ってもいいぐらい忙《いそが》しいし、もともと家事は苦手で父さんの担当《たんとう》だった。結婚《けっこん》するときに「家事は全部俺《おれ》がひきうける」と約束したんだそうだ。それを私《わたし》が引《ひ》き継《つ》いだ。料理は楽しいし掃除《そうじ》や洗濯《せんたく》も苦にならない。父さんの代わりをやっていると思うと誇《ほこ》らしくもある。けれど、私《わたし》は何をやるにも時間がかかってしまうし、一度にいくつものことができない。だから学校では勉強、家では家事と決めている。

美羽とは帰り道でいろいろしゃべった。本のことはもちろん、好きな絵のこと、美羽が観《み》た映画《えいが》やお芝居《しばい》のこと、近所の野良猫《のらねこ》のこと、空の色のこと……。

私《わたし》は美羽と話していると、青白いかすかな光の中を走っていく銀河鉄道にのっているような気持ちになれた。

美羽と帰る前までは、いつも一人で帰っていた。授業《じゅぎょう》が終わるとすぐに、猛《もう》スピードで。

「ただいま！」

ドアをあけて、ヒロを捜《さが》す。

ヒロがめそめそしながら部屋の隅《すみ》でひざをかかえている……イメージなのだけれど、実《じっ》際《さい》は違《ちが》った。

テレビに夢中《むちゅう》で私《わたし》に気がつかないこともあれば、レゴブロックを作っていて顔を上げないこともあった。別に猛《もう》スピードで帰る必要はないのだとわかっているのに、それでも急がないと不安になって、走って帰っていた。

私《わたし》が小学生だったころ。母さんが仕事で遅《おそ》くなる日は、ヒロの保育園《ほいくえん》へのお迎《むか》えに行くのは私《わたし》の役目だった。ランドセルをカタカタいわせて走っていったけれど、たいていヒロは残った最後の一人で、めそめそしながら枝《えだ》で地面に絵を描《か》いていた。ごめんね、ごめんね、遅《おそ》かったね。私《わたし》は、ヒロの頭をぎゅっと抱《だ》きしめながら、毎回一緒《いっしょ》に泣きたくなった。

あのせつなさを思い出すのが怖《こわ》かった。得体《えたい》の知れないものにからめとられて動けなくなる、そんな呪縛《じゅばく》は思いこみだとはわかっていたけれど。美羽と一緒《いっしょ》に帰るようになって、やっとその呪縛《じゅばく》から抜《ぬ》け出《だ》すことができたのだった。

今日もいつものように美羽と二人で下校した。きのうの続きの宇宙《うちゅう》の話をしながら通りに出たところで、後ろから声がした。

「おい、待てよっ」サッチだ。目をかっと見開き、鬼《おに》のような形相でどなりながら駆《か》けてきた。前の学校の制服《せいふく》のスカートがめくれあがって中の紫色《むらさきいろ》のスパッツがむきだしになっている。

「置いてくんじゃねーよ」

「なんでこっち？」

美羽が聞く。サッチの家は反対方向だ。

「いいんだよ、用があんだから」

サッチは大きな目でギロリと美羽と私《わたし》を見た。私《わたし》は、蛇《へび》ににらまれた蛙《かえる》みたいに固まってしまう。

美羽は、サッチがにらんだりすごんだりするのは単なる癖《くせ》だから気にするなと言う。確《たし》かにそうなのだ。このあと文句《もんく》を言われたり、からまれたりしたことはない。だけどやっぱり、こういうのは苦手だ。

サッチが転校してきたのは先月。クラスに馴染《なじ》む気はないらしく、誰《だれ》か近くに寄《よ》ろうものなら「あっち行けよ」「うるせえな」「じゃまなんだよ」と乱暴《らんぼう》な言葉と態度《たいど》で追《お》い払《はら》う。

けれど、美羽だけには違《ちが》う。サッチは学校を休みがちだったけれど、来れば必ず美羽のところに行き、うれしそうにしゃべっている。美羽はサッチが寄《よ》ってくると迷惑《めいわく》そうな顔をするけれど、本当に嫌《いや》がっているわけではないようだった。

そしてサッチは、なぜだかうちの弟のヒロとも仲が良《い》い。サッチにも弟がいて、母親と一緒《いっしょ》に家を出ていってしまったと聞いている。サッチは、母親のことや一緒《いっしょ》に暮《く》らしているもののときどきしか帰らないらしい父親のことはほとんど話さないけれど、弟のことはよく話題にする。名前はコウタくんで、ヒロより二つ年上の四年生。幼稚園《ようちえん》のころはサッチがキャラ弁《べん》を作ったりしてかわいがっていたという。コウタくんの代わりというわけじゃないだろうけれど、ときどきふらっとうちに来て、アパートの横でヒロと一緒《いっしょ》にカメの太郎《たろう》の水槽《すいそう》を洗《あら》ったり、ボール遊びなんかをしている。ヒロは私《わたし》と同じく社交的ではないのだけれど、サッチとは「気があう」と言っていた。……どう気があうのか私《わたし》にはよくわからない。でも、サッチは自分が気に入った人とは、一気に距離《きょり》を縮《ちぢ》めることができるんだなというのはわかる。私《わたし》にはとてもできない。

サッチは、美羽と私《わたし》を上から下まで舐《な》めるように眺《なが》めてから、不機嫌《ふきげん》そうに「暑いな」と言った。

美羽が肩《かた》をすくめて歩き出すとサッチが横に並《なら》んだ。影《かげ》が三つになる。サッチはスクールバッグの肩紐《かたひも》を持ってぶんぶん振《ふ》り回《まわ》したり、蹴《け》っ飛《と》ばしたりするから影《かげ》の形が一定じゃない。サッチのスクールバッグは、もう何年も使っているように角が擦《す》り切《き》れていた。

「いいよな、夏」

サッチがトップで結んでいるポニーテールを揺《ゆ》らしながら言う。うちの学校には、耳より上の位置で結んではいけないという校則《こうそく》がある。ツインテールやワンサイドの毛先をカールしても耳より下なら大丈夫《だいじょうぶ》なので、おかしな規則《きそく》なのだけど。

サッチは、近々ショートカットにするつもりだったけれど、教師《きょうし》の言いなりになっていると思われたくないから切らないと言っていた。

「暑いとワクワクするじゃん？」

「しないよ。けど気分いい」

美羽は、あごをあげ一瞬《いっしゅん》目をとじて息をすった。そのしぐさが太陽の匂《にお》いをかぐ猫《ねこ》のように見えた。

「夏が一番好きかも」

美羽の言葉にサッチが「だよな」とうなずく。美羽が私《わたし》に目をむける。

「唯《ゆい》ちゃんは？　好きな季節」

好きな季節かあ。いつだろう。

うつむき加減《かげん》だった顔を上げる。ゆるやかにカーブしている道の両脇《りょうわき》には、お気に入りのカイヅカイブキが並《なら》んでいる。手入れされていないのか、枝《えだ》が螺旋状《らせんじょう》にうねりながら飛び出し、緑の焰《ほのお》が燃《も》えあがるように天にむかっている。ゴッホの描《えが》く糸杉《いとすぎ》みたいだなとひそかに思っていた。

カイヅカイブキは夏の強い日差しをあびて喜《よろこ》んでいるように見えた。空は青く、エネルギッシュだ。夏の空は堂々《どうどう》としていて、私《わたし》はちょっぴりひるんでしまう。もう少し柔《やわ》らかな光のほうが、安心かな。たとえば秋の空。空がすうっと高くなって空気が透《す》き通《とお》ってくる……。

「好きなのは、秋の終わりごろかな」

サッチが何言っちゃってんの？　とつぶやく。もう違《ちが》う話題になっているらしかった。

「うん。わかる」と、美羽がうなずく。

「秋の終わりの晴れた朝にさ、冷たい空気で鼻の奥《おく》がつんとするときあるじゃない？　あれ、いいよね」

「そうそう。秋が終わって、冬がはじまるんだなあって」

「なんだ、お前ら。夏に冬の話かよ。鬼《おに》に笑われるぜ」

サッチがバカにしたように言う。

「夏休みかあ」美羽が溜《た》め息《いき》まじりにつぶやく。

「子どものころは、夏休みって聞くだけでうれしかったんだけどな」

「うわ、美羽、ババくせえ」

「ほっといて」

美羽がぷっとふくれる。私《わたし》と二人のときには、見せたことのない表情《ひょうじょう》だ。サッチと話すときの美羽は、子どもっぽくなる。

「明日から寝坊《ねぼう》し放題《ほうだい》っつうだけで幸せじゃん」

「よく言うよ。いっつも寝坊《ねぼう》して遅刻《ちこく》してるくせに」

サッチが美羽に顔を近づけて、変顔をする。

「近いよ」美羽はサッチを押《お》しやってから「そう言えば、今ってラジオ体操《たいそう》あるの？」と私《わたし》に聞いた。

「あ、うん。なくなっちゃったの。おとどしまでは公園でやっていたけど」

子どもたちの集まりが悪く、ボランティアの大人たちも消極的だったので、廃止《はいし》になったのだ。

「そっか。ないのか。結構《けっこう》好きだったけどな」

「あたしも」とサッチ。

「え？」と声をあげたのは美羽だけど、私《わたし》も、え？　だった。

「五年六年と皆勤賞《かいきんしょう》。どーよ」

サッチとラジオ体操《たいそう》、あまりにも似合《にあ》わない。

「うそ言っちゃって」美羽が鼻で笑った。

「うそじゃねえよ。ゲロゲロ」

美羽が眉間《みけん》にしわをよせる。

「なんなのそれ、かえる？　意味不明」

「お？　かえるぴょこぴょこみぴょこぴょこ」

美羽はサッチに背《せ》を向け、私《わたし》に『相手にするな』とジェスチャーする。

「あわせてぴょこぴょこむぴょこぴょこ。あおまきがみあかまきがみきまきがみ」

美羽はつんとすました顔ですたすたと先を行く。

「なんだよ、あいつ」サッチが口をとがらせる。「せっかく昔取った杵柄《きねづか》聞かせてやったのに」

うらめしそうにつぶやいて、こっちに目をむける。すねたような目だ。

「私《わたし》、聞いてた」小声で言うと、サッチの目がピカッと光った。黒目勝ちの大きな目が得《とく》意《い》そうな色になっている。

「もっと言えるぜ。聞きたい？　聞きたいだろ？」

サッチが私《わたし》の前にまわって後ろ向きに歩きながら言う。

「このくぎはひきぬきにくいくぎ。たけやぶにたけたてかけた。な？」

「うん。ちゃんと言えてる。それで、あの……」

私《わたし》にとってサッチは謎《なぞ》だ。転校してきたばかりだからというのもあるけれど、それにしてもやることも言うことも違《ちが》いすぎてわからないことだらけだ。いちいち、どうして？　なぜ？　と聞きたくなってしまう。でも、聞いたところできっとやっぱり理解《りかい》できないような気がする。

「なんだよ」サッチがイラッとした声を出す。「最後まで言えよ」

「あ、あの、昔取った杵柄《きねづか》って、なにかなあって」

サッチがつまらない質問《しつもん》だと言いたげに、鼻をならす。

「部活」

早口言葉をやる部活って……、演劇部《えんげきぶ》？

ぱっと舞台《ぶたい》に立つサッチが浮《う》かんだ。海賊役《かいぞくやく》なんてどうかな。『パイレーツ・オブ・カリビアン』の衣装《いしょう》が似合《にあ》いそうだ。あの衣装《いしょう》なら美羽にも着せたい。でも、美羽は、袖《そで》のふくらんだ白いブラウスに短剣《たんけん》のほうがいいかな。荒《あ》れた海の上、揺《ゆ》れる船の舳先《へさき》で戦う二人……うーん、絵になる。

「あ、ちがった」

サッチの声で、はっと現実《げんじつ》に戻《もど》される。

「部活じゃなくて、委員会だ。小学校だからな」

「委員会？」まだ頭に残っていた舞台《ぶたい》が吹《ふ》き飛《と》ぶ。

「そ。放送委員。音楽流したり、登下校のときナンチャラ言ったりするやつ」

放送室にいるサッチを想像《そうぞう》してみる。うまくいかなかった。

「給食の時間にイケてる音楽ガンガン流したくてさ。けど速攻《そっこう》でやめた」

——やめた？

ちょっとびっくり。小学校の委員は、一度決まったらその学期はやり続けるもので、やめることができるとは知らなかった。

「てかバックレた。六年が仕切ってて、下級生は掃除《そうじ》と片《かた》づけ専門《せんもん》。敬語《けいご》使えだのあいさつしろだのあれこれ命令しやがんの。一回でうんざり、二度と行かなかったね」

「一回って……。早口言葉の練習も一回？」

「自主練。最初の委員会に出る前にな」

「わ。すごい」「なにが？」「委員会に行くのに準備《じゅんび》をしてくなんて」

「ナメられたくないからな」「え？」

一瞬《いっしゅん》何を言っているのかわからなかった。ナメるとかナメられるとか、もちろん言葉は知っているけれどピンとこない。

「最初にカマしてやらないとなあ」

ますますわからなくなって黙《だま》り込《こ》むと、サッチが「懐《なつ》かしいなあ」と言った。

「コウタが早起きでさ。うちらいっつも一番のりで、木にもたれてみんなが来るの待ってんの」

それは……。もしかしてさっきのラジオ体操《たいそう》の話、かな？

「みんな学校とはちがってなんかその顔しててさあ。どいつもこいつもいい奴《やつ》に見えた」

「その顔……」

ラジオ体操《たいそう》の朝を思《おも》い浮《う》かべる。朝靄《あさもや》がかかっていて、少しひんやりしている。公園の木は朝の光をあびてきらきらしていた。子どもたちは、まだ眠《ねむ》そうで、ぼうっとしていた。寝癖《ねぐせ》のついた髪《かみ》のままだったり、Tシャツを裏返《うらがえ》しに着ている子もいたりして、ちょっと親近感がわいたっけ。

ああ、素《す》の顔か。サッチといるときの美羽は素《す》、を出せているのかもしれない。

「よそいきじゃない顔、だよね」

「だろ？　で、その日の遊ぶ約束して、うち帰って飯食って」

サッチはぶつっと話をやめて、なぜかチッと舌打《したう》ちした。落ちていたペットボトルを蹴《け》りあげる。パコンと空っぽな音がしてボトルが転がる。私《わたし》はちょっと迷《まよ》ってから、そっとペットボトルを拾う。誰《だれ》が飲んだかわからないボトルを触《さわ》るのは気持ちが悪いけれど、そのまま放置するのはもっと気持ちが悪い。ごみ箱はたしか公園の入り口にあったはず。目をやると、先を歩いていた美羽が立ち止まって何かを見上げていた。ボトルを捨《す》ててから、美羽のとなりに並《なら》ぶ。

「これ」

美羽が木につけられたプラスチックプレートを指さす。

トチノキ。あれ？　どこかで聞いたような。

「もしかして、これってモチモチの木？」

「そうなんだよ。あたしも今ごろ気づいた」

「かわいい花が咲《さ》くよね。ピンクがかった白の。そうかあ、モチモチの木の花だったのかあ」

木や花の名前を知るとうれしくなる。知らないときよりぐっと親しくなった気がする。

サッチがなになに？　と私《わたし》たちの間に入ってきた。

「なんの相談だよ」

「モチモチの木の話」

「あれ超絶《ちょうぜつ》ウマいよな」

サッチがなにを言っているのか本気でわからなかった。美羽はわかるらしく「食べたことあんの？」と話を続ける。

「カップ麺《めん》だろ？　コンビニの。あの油がたまんねえよな。ちょい高めだからあんま買えねえけど、あー、食いてえ！」

「じゃなくて、斎藤隆介《さいとうりゅうすけ》の物語だよ。教科書に載《の》ってなかった？」

「それだよ、本題」

サッチが美羽の前に立ちはだかる。本題って、斎藤隆介？

「美羽、勉強教えろ」

「本気？」

「とりあえず月曜日ってことで」

「なんで月曜？」

「月曜は、早起きするんだよ。資源《しげん》ごみの日だから。じゃ十時な」

サッチは、一方的に言うと、くるりと背中《せなか》を向けて走っていってしまった。

私《わたし》は、サッチの後《うし》ろ姿《すがた》をぼうっと見送る。モチモチの木、カップ麺《めん》、勉強。そのつながりが謎《なぞ》だった。でもとにかく勉強を教えてと美羽に頼《たの》んだことだけは理解《りかい》できた。

「強引《ごういん》だなあ」

美羽が溜《た》め息《いき》をついた。顔をしかめてみせたけれど、本当は喜《よろこ》んでいるんだろうなと思う。サッチは転校してきてからの一か月、ほとんど授業《じゅぎょう》をまともにうけていないことを、美羽はとても気にしていたのだ。

「唯ちゃん、なんで、にこにこしてんの？」

「なんか、サッチにはいつもびっくりさせられるなって」

「うーん。続けばいいけど」

「でも、今はすごくやる気になってたねえ」

「まあね。けど、なんで急に言い出したんだろ」

「ゴミ捨《す》てもちゃんとやってるんだね」

前にサッチの家に行ったときは空のペットボトルや空《あ》き缶《かん》がそこら中に放置されていて、美羽と二人で片《かた》づけた。

美羽は、「そう言えばさ」と話を変えた。

「唯ちゃんは、夏休みにどこか行ったりするの？」

「ううん、どこにも」

去年の夏休みは、毎日ヒロと二人で過《す》ごした。動物園と図書館には行ったけれど、ほとんどは部屋にいた。アパートの部屋は、誰《だれ》にもじゃまされず、身構《みがま》える必要もなくわずらわしいこともない、安心で安全な秘密基地《ひみつきち》。二人で絵を描《か》いたりお話を作ったりDVDを見たりヒロの自由研究を一緒《いっしょ》にやったりお料理したり。今年もまたあんな毎日だといいなあと思っている。

「あたしも旅行の予定はなし。ママと映画《えいが》や芝居《しばい》に行くとは思うけど」

美羽はお母さんと二人暮らしだ。美しいお母さんで、小さいころよく描《か》いたお姫様《ひめさま》を思わせる人だった。三段《だん》フリルのパニエをつけたドレスがきっと似合《にあ》う。二人はとても仲が良くて、友だち同士《どうし》みたいな親子って本当にいるんだなあと驚《おどろ》いてしまうし、うらやましくもある。

「だけどなあ」美羽は落ちていた枝《えだ》を拾い、空気を切るようにシャッと振《ふ》り下《お》ろす。

「今年は気が乗らないんだよね」シャッシャッシャッ。

「……どうして？」

「なあんかさ、彼氏《かれし》と三人で行きたがってんだよね」

「美羽のお母さん、魅力的《みりょくてき》だから」

美羽は、枝《えだ》を振《ふ》り回《まわ》していた手を止め、ちらっと私《わたし》を見る。スッと冷たい目つきだ。

「自分の母親の彼氏《かれし》と出かけたいか？　しかもどうせそのうち別れるのに」

「あ……」

ずきんときた。親や家族のことは他人が軽々しく言ってはいけない部分だ。しかもよりによって美羽にむかって言うなんて……。私《わたし》は白っぽく乾《かわ》いたアスファルトに目を落とす。美羽の親が離婚《りこん》したのは最近のことだ。くわしいことは聞いていないけれど、そこは美羽のとても柔《やわ》らかで傷《きず》つきやすい領域《りょういき》だと、わかっていたはずなのに。

「だれとつきあってもいいんだけどさ、巻《ま》き込《こ》まれたくないんだよね」

強い口調だった。

美羽が枝《えだ》を放り投げる。枝《えだ》はくるくるとまわって植《う》え込《こ》みに刺《さ》さるようにして落ちた。

「あたしが携帯《けいたい》持たないのも、それが理由なんだよね」

どういうことなのかわからなくて息をつめて次の言葉を待つ。

「しょっちゅうメールとかラインとか送ってきそうじゃん。彼氏《かれし》とどこ行ったとか、何食べたとか、写真付きで。ママのことは好きだけど、友だちじゃないってことがわかってないんだよね」

そう、なのか。友だちみたいな親子でうらやましいなんて言わなくてよかった。

「まあ、楽しそうなのはいいことか」美羽がつぶやく。私《わたし》にではなく、自分に言い聞かせているような口調だった。

「前は結構《けっこう》キツかったんだよね」

ちらりと美羽を見ると、美羽は、自分の胸《むね》をこんこんと軽くたたいた。

「うちのママ、ちょっとバランス悪くしてた時期あって。薬飲みすぎて救急車《きゅうきゅうしゃ》呼《よ》んだりさ、ま、いろいろあったんだけどね」

知らなかった。美羽の言う「いろいろ」の中にはきっとたくさんのつらさや大変さがつまっているのに違《ちが》いない。なにか言いたかったけれど、なんの言葉も出てこなかった。

息が苦しくなって、あごをあげる。きれいに晴れ上がった空。電線に雀《すずめ》がとまっている。一、二、三、四、五羽《わ》いる。ふうと息をはく。大丈夫《だいじょうぶ》、謝《あやま》ることとならできる。それでも美羽の顔は見られなくて、道路を見てしまう。

「ごめんね」

「へ?」美羽がすっとんきょうな声をあげる。

「あの。無神経《むしんけい》なこと言っちゃって」

「あらら。唯ちゃんアウト」

美羽が拳《こぶし》で私《わたし》の腕《うで》を軽くぶった。

「すぐごめんって言うのやめてって、言ってるじゃん」

「あ。うん、ごめ……」

またごめんと言いそうになって、あわてて手で口をふさぐと、美羽が笑った。私《わたし》はほっとなった。

「そうだ」

美羽が忘《わす》れるところだったとつぶやきながら、鞄《かばん》の中を探《さぐ》る。

「はい」茶封筒《ちゃぶうとう》が差し出される。中には、青い小花模様《こばなもよう》の包装紙《ほうそうし》で包まれた長方形の……。

「本？」

「立原《たちはら》えりかの歌う花のお話。読んだら返してね」

突然《とつぜん》だったので、私《わたし》はぽかんとしてしまう。

「前に話したの、忘《わす》れた？」私《わたし》はぶるぶると首を横にふる。

「忘《わす》れてない。覚えてる。夕方になると咲《さ》いて、きれいな声で歌う花。一晩中《ひとばんじゅう》歌いつづけて、すてきな夢《ゆめ》をみさせてくれるっていう……」

「そ、それ。読みたいって言ってたから」

「うん。うれしい」私《わたし》は本をぎゅっと抱《だ》きしめた。本もうれしいけど、私《わたし》が読みたがっていたのを覚えていてくれたことがうれしい。

「あ、でもこれ、お母さんが大切にしてる本だよね？」

「唯ちゃんになら貸《か》してくれるってさ」

美羽のお母さんとは、何度か顔をあわせたことはあるけれど話したことはない。それなのにという思いを察したのか、美羽が「あたし、唯ちゃんの話、結構《けっこう》するからね。ママに」と言った。胸《むね》の奥《おく》がぽっとあたたかくなる。

「最初の『わすれもの』っていう短編《たんぺん》にでてくるよ」

私《わたし》は何度もうなずいて、「大切に読む」と答えた。

「じゃっ」

美羽がさっと片手《かたて》をあげて左に曲がっていく。いつもながら、美羽の別れ際《わかぎわ》はスパッとしてかっこいい。シャキンと伸《の》びた背中《せなか》は、これから舞台《ぶたい》に立つ人のような緊張感《きんちょうかん》がある。

ガレージのひさしにあたった日差しがまぶしくて、手をかざす。ミンミンゼミが鳴き出した。どこの木だろう。あたりを見まわすとあちこちから競《きそ》い合《あ》うようにミーンミンミンと聞こえてきた。セミの声にぐるりと囲《かこ》まれて、私《わたし》は少しくらっとする。

本格的《ほんかくてき》に夏がはじまる。

2

世界は丸く緑色だった。

まるで透《す》き通《とお》った大きな緑色のビー玉にすっぽりとおさまっているかのようだ。

目の前には、草原が広がっている。

浅黄色の光が降《ふ》り注《そそ》ぎ、細い木に茂《しげ》った葉がさやさやと音をたて、緑の風がゆれる。

草原の向こうにこんもりとした林があり、その木々の上に空がのぞき、空の青は緑と溶《と》け合《あ》っている。

なつかしい歌が遠くから響《ひび》く。

心配ごとはなに一つなく、悲しみも怒《いか》りもない。おだやかでしずかな永遠《えいえん》の庭。

時は止まったまま変わることがない。

花びらがはらはらと舞《ま》い、世界を祝福している。

私《わたし》は世界に守られて眠《ねむ》っている……。

目がさめてからも、私《わたし》はまぶたを閉《と》じたままふんわりとした夢《ゆめ》の余韻《よいん》を漂《ただよ》っていた。ひさしぶりに見た永遠《えいえん》の庭の夢《ゆめ》。色あせることなくきらめいていた。

この前見たのは、冬の寒い日だった。あのときの夢《ゆめ》の庭には花びらはなく、かわりに大きな犬がいたけれど、あとはまったく同じ。その前見たときは、黄色い花が咲《さ》いていて鶏《にわとり》が草をつついていたっけ。

余韻《よいん》は徐々《じょじょ》に消えていき、私《わたし》はゆっくりと目をあける。

隣《となり》の布団《ふとん》では、ヒロが寝息《ねいき》をたてていた。両手をグーの形に握《にぎ》り、首の横においている。赤ちゃんだったころもこうして首の横に手をおいていたけれど、あのころの手はガーゼでぐるぐる巻《ま》きにされていた。アトピー性皮膚炎《せいひふえん》で掻《か》き壊《こわ》すのをふせぐためだった。頬《ほお》も耳の後ろも首も真っ赤にかぶれていた。体も弱く、お乳《ちち》を飲んでは吐《は》き、しょっちゅう下痢《げり》をしていた。

ヒロの体の弱さと好《す》き嫌《きら》いの多さは、私《わたし》にも責任《せきにん》がある。

今でこそ、ジャンクフードやインスタントものは避《さ》け、なるべく添加物《てんかぶつ》が少ないものを選んだりしているけれど、昔は違《ちが》った。

母さんはヒロが保育園《ほいくえん》に入ってから忙《いそが》しい職場《しょくば》に移《うつ》り、夕飯はたいてい私《わたし》とヒロの二人だった。母さんからもらった夕飯代で、私《わたし》たちはハンバーガーや、たこ焼きや、コンビニスイーツや、インスタントラーメンを買って食べていた。スナック菓子《がし》だけの日も多かった。栄養だとか体に悪いとかはまったく頭になかった。ラーメンに野菜を入れることすら思いつかなかったから、ヒロが野菜をあまり食べたがらないことも知らなかった。

健康に気をつかって料理をするようになったのは、ヒロが年長さんになるころからだ。

ほっこりとあたたかな日曜日のことだった。その日の夕飯は安売りしていたポテトチップス。寝転《ねころ》んで漫画《まんが》を読みながら食べていると、ふいに懐《なつ》かしいメロディーが耳に流れこんできた。音のするほうを振《ふ》り返《かえ》ると、テレビ画面の女性《じょせい》が鼻歌を歌いながら、植木に水をやっていた。歌はすぐ止《や》み、保険《ほけん》のＣＭが流れる。

このメロディー。

父さんがごはんを作る前に、よく口ずさんでいた歌だ。タリラリタリラーと歌っていたから、歌詞《かし》は今はじめて聞いたけれど、確《たし》かにこの曲だった。

父さんが、冷蔵庫《れいぞうこ》から食材を出してワゴンに並《なら》べていく場面が、ぱあっとよみがえる。

「さてさて、どれを使おうかな」

野菜を一つずつ手にとって考える父さんの顔は、真剣《しんけん》そのものだった。

「これは重大ミッションなんだ」

父さんは人差し指を立てて言った。

「一つひとつが、みんなの体の素《もと》になるんだからな」

「体の素《もと》?」

「そ。食べ物が体を作るんだ」――。

私《わたし》は、ポテトチップの油で汚《よご》れた自分の指を見た。テーブルの向こうでは、ヒロが袋《ふくろ》をさかさにしてポテトチップスのかけらを口に入れている。

これじゃいけないと、私《わたし》は思った。

父さんが教えてくれた、当たり前で大切なことをすっかり忘《わす》れていた。

母さんが出してくれていた夕飯だってとりあえずバランスは考えられていた。スーパーや近所の惣菜屋《そうざいや》さんで買ってきたものだったけれど。

なにをやっているんだ、私《わたし》は!

おいしいし手軽だし安いからという理由で、ジャンクフードばかり食べていたら体に悪いに決まっている。気づかってあげるのが姉の役割《やくわり》なのに、体に悪いものをじゃんじゃん食べさせていた私《わたし》は、ほんとに考えなしだったと後悔《こうかい》している。

やってみると、料理は楽しかった。父さんの手伝いをしていたおかげで、調味料のどれを加えればいいかはだいたいわかった。ばらばらの素材《そざい》が一つのまとまったものになって、彩《いろど》りよくお皿に納《おさ》まると達成感があった。そのうえヒロにおいしいと言ってもらえたら、ものすごく幸せな気持ちになる。ヒロは思ったより手作りを喜《よろこ》んでくれたけれど、野菜が苦手なのはなかなか直らず、無理して食べてくれているのがわかった。

ハウスダストがアトピーを悪化させるというのも知って、毎日掃除《そうじ》をするようにした。これは効果《こうか》てきめんで、寝起《ねお》きの咳《せき》や鼻水が止まった。もっと早く気がつくべきだったと猛省《もうせい》。

湿疹《しっしん》も成長に従《したが》ってなのかだんだんと軽くなっていき、今では季節の変わり目に肘《ひじ》の内側やひざの裏《うら》がかゆくなる程度《ていど》までになった。食物アレルギーは、生卵《なまたまご》とサバ以外は大丈夫《だいじょうぶ》だ。それでも体が弱いことにかわりはなく、すぐに風邪《かぜ》をひいたり熱を出したりお腹《なか》をこわしたりした。

「んー」とヒロが息をつく。やさしい声だ。ヒロもいい夢《ゆめ》を見ているのかもしれない。このおっとりした表情《ひょうじょう》を、ぷっくりとしたほっぺたを、長いまつげを持った目を、小さな耳たぶを、ちょんとつきでた唇《くちびる》を守りたい。わきあがる思いにほっとする。

大丈夫《だいじょうぶ》。こうした気持ちがあれば自分を嫌《きら》いにならずにすむ。

私《わたし》はそっと起き上がって、部屋を出た。


部屋の向こうは、小さなダイニングキッチンだ。エアコンの風のないふわりとした空気にほっとする。エアコンをかけっぱなしで寝《ね》るのは好きじゃない。朝なんとなく体がだるいのは、エアコンのせいかもと思ったりする。でも、寝《ね》ている間にちょっとでも汗《あせ》をかくと、ヒロにあせもができる。そしてそれが引き金になって、あちこちにおさまっていたはずの湿疹《しっしん》ができてしまうから、エアコンを使わないわけにはいかない。

父さんがいたときは、エアコンを使うのは昼間の一番暑い時間だけだった。あとは玄関《げんかん》と窓《まど》を全開にして自然の風と扇風機《せんぷうき》。夜も窓《まど》は開けっ放しで、風が抜《ぬ》けていた。当時はアパートの住人はほとんどがそうしていた。でも今は、ドアを開けっ放しだなんて物騒《ぶっそう》だし、プライバシー保護《ほご》もあるので、どの家も夜は窓《まど》にも鍵《かぎ》をかけてエアコンで調節している。

ケトルに少量の水を入れてわかす。

一・八リットルのケトルは商店街の金物屋さんで父さんと二人で選んだものだ。丸っこくて持ち手とふたが水色のステンレスケトル。ステンレスの底のほうが黒ずんできているけれど、今でもお気に入りだ。自分用のマグカップと父さんの湯呑《ゆの》みにそそぎ、次にケトルいっぱいに水を入れてまた火にかける。これは、父さんが毎朝やっていたことだ。

「朝の白湯《さゆ》も湯冷ましもお腹《なか》にいい」と父さんは言っていた。

「東京《とうきょう》の水は水質《すいしつ》が良《い》いから沸騰《ふっとう》させなくても大丈夫《だいじょうぶ》なのに」と母さんは笑うけれど、その母さんだって湯冷ましの水を好んで飲むから、すぐになくなってしまう。

横長の木のテーブルに湯呑《ゆの》みを置く。

このテーブルとL字型《じがた》の木のベンチシートは、父さんの仕事仲間たちの手作りだ。テーブルをはさんで置いてある木の椅子《いす》は、父さんと母さんが新婚《しんこん》時代から使っていたものだけど、テーブルとベンチシートにとてもしっくりなじんでいた。

父さんの湯呑《ゆの》みを、窓際《まどぎわ》の木の椅子《いす》の前に置く。父さんの席だ。今は母さんが座《すわ》っていて、母さんが座《すわ》っていた台所に近いほうの椅子《いす》には、私《わたし》が座《すわ》っている。

私《わたし》は父さんの向かいにマグカップを置いて、昔みたいにベンチシートに座《すわ》る。向かいに置いた父さんの湯呑《ゆの》みを眺《なが》めながら白湯《さゆ》を飲む。幼稚園《ようちえん》のときから毎朝、父さんと向かいあって白湯《さゆ》を飲んできた。温かなお湯がのどからお腹《なか》に落ちていくと、眠気《ねむけ》でぼんやりしている体と頭が徐々《じょじょ》に目覚めていき、まわりの景色がくっきりとしてくる。目の前の父さんは黙《だま》ってにこにこしている。私《わたし》の心の底にぽっと灯《あか》りがともったようになり、きっと今日もいい日だと思う。その時間がとても好きだった。父さんがいなくなってしまった今でも、こうしているとその時間がよみがえってくるような気がして、やっぱり一日のうちで一番ほっとする時間だった。

そのころ私《わたし》は、木製《もくせい》の軽いカップを使っていた。父さんの職場《しょくば》旅行のおみやげで、私《わたし》はすごく気に入っていたけれど、今はもうない。父さんが亡《な》くなったとき、お棺《かん》に入れてしまったからだ。

でも、そのときのことを私《わたし》はぼんやりとしか覚えていない。花にかこまれた父さんの最後の顔も、うまく思い出せない。あちこちからすすり泣きが聞こえてきて、泣《な》き崩《くず》れている人もいたけれどそれが誰《だれ》だったかもわからない。体が宙《ちゅう》に浮《う》いたように頼《たよ》りなく、おかしな夢《ゆめ》にまぎれこんでいるように、なにもかもが霞《かす》んで見えた。

ただ、母さんの横顔だけははっきりと覚えている。

母さんは、唇《くちびる》をきゅっと結んであごをあげて遠くを見つめていた。右手はヒロがいるふっくらしたお腹《なか》にあてられていた。空いているほうの左手を握《にぎ》りたかったけれどできなかった。体のわきの左手はぎゅっと拳《こぶし》が握《にぎ》られていた。

母さんはぞっとするほどきれいで、知らない人のように見えた。涙《なみだ》はこぼしていなかった。泣かない人なのだと私《わたし》は思った。そのときもそのあとも母さんの涙《なみだ》を見たことがない。父さんは、母さんの一番好きなところは、強いところだと言っていた。「唯も母さんみたいに強い女の人になれ」とも言っていた。けれど、私《わたし》はこのとき、母さんを怖《こわ》いと思った。

テーブルの横のカーテンのない窓《まど》から、朝日が入る。この家で、直射日光《ちょくしゃ》が入るのは、ここでのこの時間だけだ。

テーブルにあたった光の先に置いてある本を手に取る。古い本だからなのか、ケースつきだからなのか心地《ここち》よい重さがある。立原えりかの『幸福《こうふく》の家《いえ》』。美羽のママの本だ。読みおわったあと汚《よご》さないようにちゃんとビニール袋《ぶくろ》に入れてある。

ゆうべ永遠《えいえん》の庭の夢《ゆめ》を見られたのは、この本のおかげかもしれない。永遠《えいえん》の庭の夢《ゆめ》のことはまだ誰《だれ》にも言っていないけれど、今度美羽に話してみようかな。今度。今度っていつだろう。夏休みというのは美羽との帰り道でのおしゃべりもないんだなと改めて思う。あばら骨《ぼね》のあたりがきゅっと痛《いた》んだ気がした。

ビニール袋《ぶくろ》から出して、表紙をめくる。

何度も見た馬の絵を見て、ほうっと溜《た》め息《いき》をつく。続いて、人魚の絵、妖精《ようせい》の絵……。心がふるふると気持ちよく揺《ゆ》れる。どうしたら、こんな絵が描《か》けるんだろう。この絵を描《か》いた渡辺藤一《わたなべとういち》という人は、きっとふつうの人には見えないものも見えるのではないかと思えてくる。たとえば花の中にひっそりと座《すわ》っている妖精《ようせい》や、雨粒《あまつぶ》の向こう側ではねまわるユニコーン。雲の切れ目を登っていく金色の龍《りゅう》……。

シュシュンと音がしてはっとなる。ケトルのお湯が沸騰《ふっとう》してあふれかかっていた。

今日の朝ごはんは、玉子焼きと、ほうれん草としらすのごまあえとトマト。お豆腐《とうふ》のお味噌汁《みそしる》に冷凍《れいとう》しておいた雑穀米《ざっこくまい》のおにぎり。おにぎりは母さんがお弁当《べんとう》でも持っていけるように、小さく握《にぎ》ってある。仕事場の介護施設《かいごしせつ》では、忙《いそが》しくてゆっくり食べられないことが多いので、ぱぱっと食べられる大きさが良《い》いのだ。いくつも握《にぎ》るのは結構《けっこう》大変だけど、ヒロも小さいおにぎりのほうがいくつも食べてくれるから作《つく》り甲斐《がい》がある。

そうだ、玉子は『父さんの玉子焼き』にしようかな。

父さんが作る玉子焼きは、お砂糖《さとう》がたっぷり入った甘《あま》い玉子焼きだった。『父さんの玉子焼き』と名前をつけたのはヒロだ。

父さんが亡《な》くなったのは、ヒロがまだ母さんのお腹《なか》の中にいるときだったから、ヒロは写真でしか父さんの顔を知らない。でも。というよりだからなのかもしれないけれど、しょっちゅう父さんの話を聞きたがる。得意《とくい》な料理、好きな食べ物、好きな色、よく歌う鼻歌、洗濯物《せんたくもの》をとりこむときにふざけて踊《おど》ったダンス……。

ヒロの名前は父さんがつけたものだという話は何度も聞きたがった。父さんは、母さんのお腹《なか》に向かって「ヒロ」といつもよびかけていた。ひろと、ひろき、ひろみ、ひろや、ひろむ……。とにかくヒロがつけばよく、あとは生まれてきてから決めようと言っていた。ヒロは漢字で書くと『宙』なのだけど、父さんの頭にあったのは『洋』じゃないかなと思う。母さんの名前も洋子《ようこ》だし、太平洋《たいへいよう》の洋でもある。海なし県で育った父さんは海にあこがれていて、ヒロが生まれたら、みんなで南の島に旅行しようと言っていた。ヒロの漢字をつけたのは、母さん。私《わたし》の名前も、父さんの頭の中では『結』だったけれど、母さんが『唯』にしたと聞いている。

『父さんの玉子焼き』を作るとヒロが喜《よろこ》ぶのだけれど、こげやすいから時間があるときにしか作れない。いつもは塩と薄口《うすくち》しょうゆのしょっぱい玉子焼きだ。

ヒロが起きてきて、ねぼけまなこで「おはよ」と言う。

「おはよ。今朝は『父さんの玉子焼き』だよ」

「わ」ヒロの目がぱちっとあいた。

のんびりと食卓《しょくたく》を整えて、のんびりと朝ごはんを食べる。平和だなと思う。ヒロのおしゃべりを聞きながら食べられるし、ごはんをこぼされても笑う余裕《よゆう》がある。しばらくはこんな朝が続くと思うと、自然と頬《ほお》が緩《ゆる》んだ。

今日もいい天気だった。ヒロはカメの太郎を連れて、ひなたぼっこに行った。ふた月前、近所の子が飼《か》いきれなくて捨《す》てようとしたところをもらってきた五センチぐらいのゼニガメだった。ヒロは、餌《えさ》やりはもちろん水槽《すいそう》の掃除《そうじ》もまめにやってかわいがっている。太郎もヒロになついていて、名前を呼《よ》ぶと「え〜なあに？」というふうに首をのばす。首をかしげてヒロを見上げる様子は愛らしかった。

ヒロは空《あ》き瓶《びん》に小銭《こぜに》を入れる太郎貯金《ちょきん》をはじめた。太郎は成長すると二十センチぐらいにはなるらしく、大きい水槽《すいそう》が必要になるからだと言っていた。百均《ひゃっきん》で買ったバケツに入れて、日光浴に行くのもヒロの日課だ。夏休みになってからは、毎朝九時ごろ出かけて三十分か一時間ほどで戻《もど》ってくる。

その間に洗濯《せんたく》して掃除《そうじ》をする。

先に洗濯機《せんたくき》を動かして、次に母さんの部屋。遮光《しゃこう》カーテンがぴったりしまった部屋はしんとして時間が止まっているような気がする。シャッといきおいよくカーテンをひき、ガラス戸を開ける。さっと朝の風がはいって部屋の空気をかきまわす。床《ゆか》に散らかった雑誌《ざっし》を拾ってローテーブルに置き、開けっ放しの押《お》し入《い》れの衣装《いしょう》ケースの引き出しをしめ、押《お》し入《い》れのふすまをしめる。起きたままの形になっているタオルケットを直しベッドカバーをかける。

枕元《まくらもと》には父さんのラジオがあった。父さんは洗濯物《せんたくもの》をたたんだり、台所仕事をするときに必ずつけていた。背中側《せなかがわ》にCDを入れられる仕組みで、母さんはCDプレイヤーとして使っているらしい。ふだんはスマホで音楽を聴《き》いているけれど、眠《ねむ》れないときにはCDを小さい音でかけっぱなしにすると言っていた。

ラジオをサイドテーブルに置くと、CDプレイヤーのふたがパカッと開いた。ふたをしめてから、ふと何を聴《き》いてるのかと気になって再生《さいせい》ボタンを押《お》してみる。

たぶん昔のポップスじゃないかなと思っていたのに、流れてきたのはアヴェ・マリアだった。

母さんが聖歌《せいか》？　考えもしなかった組み合わせだ。

美しく力強い声。高音の部分では鳥肌《とりはだ》がたって思わず天をあおいでしまう。

母さんは、これを聴《き》きながら眠《ねむ》ったのだろうか。

CDケースを手にとる。SLAVA。スラヴァ、と読むのだろうか。十二曲全部がアヴェ・マリアだ。ラックの中からSLAVAをさがすと、もう一枚《まい》あった。

『時の中で、心から飛び去ろうとはしない数々の思い出がそれぞれの人生を創《つく》っていく。スラヴァ。』

言葉がずしんと響《ひび》いて、それ以上読めなかった。

秘密《ひみつ》を盗《ぬす》み見《み》してしまったような気持ちになって、あわてて手にしたCDをもとに戻《もど》して曲を止め電源《でんげん》を切る。ドキドキする胸《むね》をおさえて、あたりを見まわす。誰《だれ》もいないことにほっとしてふうっと息を吐《は》く。

あの歌を聴《き》いている母さんを想像《そうぞう》してみる。ベッドに横になって目を閉《と》じている様子は思《おも》い浮《う》かべられるけれど、母さんがなにを思っているのかはまったくわからなかった。

いつものように掃除機《そうじき》をかけ、ごみ箱のごみを捨《す》てる。あとは母さんが帰る前にガラス戸とカーテンをしめておけばいい。振《ふ》り返《かえ》って母さんの部屋を見ると、いつもの部屋がどこか違《ちが》って見えた。

私《わたし》とヒロが寝《ね》ている八畳間《はちじょうま》とダイニングに掃除機《そうじき》をかけおわると、洗濯終《せんたくお》わりの合図がした。小さなベランダに洗濯物《せんたくもの》を干《ほ》す。夏は苦手だけれど、洗濯物《せんたくもの》が速く乾《かわ》くところはいい。そうだ、明日はカーテンも洗《あら》おう。

空はぱっきりとした夏の青空だ。目を閉《と》じて大きく息をすうと、くしゃみがでた。

お昼ごはんはなににしようかなと思いながら時計を見たら、十一時を回っていた。ヒロが出かけたのは九時ちょっとすぎだったから二時間近くたっている。どこまで行ったんだろう。

ベランダに出て、洗濯物《せんたくもの》をかきわけながら外を見る。すぐ下の駐車場《ちゅうしゃじょう》にもその先の通りにも姿《すがた》はない。あとは公園か、少し先の神社か……。とたんに胸《むね》がざわざわしてきた。

嫌《いや》な記憶《きおく》がよみがえる。ヒロは保育園《ほいくえん》の帰り道で、車にぶつかりそうになったことがある。私《わたし》のお迎《むか》えが遅《おく》れたのを待ちきれずに保育士《ほいくし》さんが目を離《はな》したすきに一人で帰ってしまい、道路の真ん中にいた猫《ねこ》を助けようとして飛び出し事故《じこ》にあった。擦《す》り傷《きず》と手の筋《すじ》を痛《いた》めただけですんだけれど、あと少しで大事故《だいじこ》になるところだったと聞いた。「すごく怖《こわ》かったけど、猫《ねこ》は助かったよ」と包帯を巻《ま》いたヒロはうれしそうに言った。保育士《ほいくし》さんが青くなって謝《あやま》っていたけれど、悪いのはお迎《むか》えに遅《おく》れた私《わたし》だった。

あの日——。児童公園の砂場《すなば》でやせっぽちの女の子がうずくまっていた。ランドセルに黄色いカバーがかかっていなければ、幼稚園生《ようちえんせい》だと思っただろう。他に誰《だれ》もいなかった。その子は、ひざをかかえてもっと小さくなりたがっているように見えた。

小さくなあれ、小さくなあれ、小さくなって蟻《あり》さんになあれ。

私《わたし》が六歳《さい》だった夏。ヒロの出産で、二か月近く母さんの兄である伯父《おじ》さん夫婦《ふうふ》の家に預《あず》けられた。伯父《おじ》さんの家は共稼《ともかせ》ぎで子どもはいなかったから、昼間はずっと一人だった。静かな部屋だった。二十階建てのマンションでたくさんの人が住んでいるはずなのに、世界には自分一人だけしかいないように思えた。

私《わたし》は部屋の隅《すみ》のソファとソファの間に体を押《お》し込《こ》んで両ひざをたて、伯母《おば》さんが持ってきてくれた児童書や漫画《まんが》を読んで一日をすごした。お昼ごはんのお弁当《べんとう》もそこで食べた。その小さな空間にいると安心できた。それでも一日はとても長かった。本から顔を上げたとき、トイレから戻《もど》ってきたとき、ふいに深い穴《あな》に落《お》ち込《こ》んで二度と這《は》い上《あ》がれないような不安におそわれた。私《わたし》は体をできるだけ小さく縮《ちぢ》めて、不安が過《す》ぎていくのを待った。自分がもっと小さくなれればいいのにと思っていた。ソファの縫《ぬ》い目《め》の間に入れるぐらいになれたら、きっとものすごくほっとする。小さくなあれ、小さくなあれ、小さくなって蟻《あり》さんになあれ。

あの子はあのころの私《わたし》だ。ふらふらっと砂場《すなば》の前まで行く。

近くで見ると、女の子はひざをかかえているのではなく、プラスチックのシャベルで砂《すな》を掘《ほ》っていた。

なにかあるのかとそっとのぞくと、女の子がびくっとして私《わたし》を見あげた。少し吊《つ》り気味《ぎみ》のアーモンド型《がた》の目は小鹿を連想させた。

「こんにちは」小さな声で言ってみたけれど、女の子は何も答えずにまた穴《あな》を掘《ほ》り始《はじ》めた。銀色の乾《かわ》いた砂《すな》の下の湿《しめ》った部分が見えていた。

「どこまで掘《ほ》るの？」となりにしゃがむと、女の子は私《わたし》の顔をじっと見て、「図書館で見たよ」と言った。「その前も図書館にいた」「え？　私《わたし》？　うん。よく行くから」そう答えても、女の子はだまってじっと見ているだけなので「本、好きだから」とつけたした。女の子の反応はなかった。

ランドセルの横を見ると『一ねん一くみ　さいとう　きらら』と書かれていた。自分で書いたものなのか、らの字のふくらみが大きくてバランスが悪かった。

「どんどん掘《ほ》るんだよ」
と、きららちゃんは言った。また穴《あな》を掘《ほ》り始《はじ》める。

「どんどんって、どれぐらい？」「すごくたくさん」「どこまでも？」「どこまでもどこまでも」「そっかあ」「そして反対側の国に行く」

きららちゃんは、唐突《とうとつ》に「早く帰ってきちゃいけないんだよ」と言った。「どうして？」と聞くと、「なまえなんていうの？」と話をそらした。「お母さんに言われたの？」もう一度質問《しつもん》すると、「反対側の国はね、くだものや木の実がいっぱいなってて、食べ物に困《こま》らないんだよ」と返された。私《わたし》はもうその件《けん》について聞くのをやめた。

結局きららちゃんが帰ると言って立ち上がるまで一緒《いっしょ》にいた。帰《かえ》り際《ぎわ》、きららちゃんは「反対側の国からの贈《おく》り物《もの》」をくれた。穴《あな》を掘《ほ》っていたときに出てきたのだという。小さな銀色の鈴《すず》だった。「こっちはあたしの」と金の鈴《すず》を見せ「またあした！」と走っていった。公園の時計は五時をさしていた。

お迎《むか》え！　ヒロのお迎《むか》えに行かなきゃ！

いつもは、遅《おそ》くても四時にはお迎《むか》えに行っているのに、一時間以上オーバーだった。

そしてヒロは車にぶつかりそうになった。

次の日、児童公園の入り口にきららちゃんが立っていた。私《わたし》はあわてて木の陰《かげ》に身を隠《かく》す。きららちゃんはときどき背伸《せの》びをしながら、私《わたし》を待っていた。私《わたし》はあとずさりしてひきかえし、脇道《わきみち》にそれた。きららちゃんが見ているような気がして背中《せなか》を緊張《きんちょう》させながら速足で歩いたけれど、最後はたまらずに走り出した。

早く帰れないというのはなぜなんだろう。毎日一人で時間をつぶさなければならない理由なんて、子どもにとってつらい事情《じじょう》に決まっている。……いやいやと、首を振《ふ》る。そうだ、家でなにかのお教室をやっているのかもしれない。ピアノとかお花とかお茶とか。そうじゃなかったら、お店っていうのも考えられる。お蕎麦屋《そばや》さんとか食堂《しょくどう》とか、居酒屋《いざかや》とか、仕込《しこ》みで忙《いそが》しい時間でじゃましちゃいけないと思っているのかもしれない。うん、きっとそうだ。それに、「またあした！」と言ったのはきららちゃんで、私《わたし》じゃない。

自分をむりやり納得《なっとく》させて、もうきららちゃんのことは考えないようにした。お迎《むか》えには児童公園の前は通らず遠回りをした。

そのうちに夏休みになり、忘《わす》れたふりはうまくいきそうだった。

けれど、二学期になって、きららちゃんが転校したことを知った。きららちゃんの担任《たんにん》の先生から差し出された封筒《ふうとう》には、『五ねん二くみ　よしかわゆいさま』と書かれていた。わの字のふくらみが大きい、きららちゃんの字だった。「仲良くしてくれてたのね。あなたみたいな人がいてくれてよかった」と先生は言った。そんなんじゃないと首を横に振《ふ》ったけれど、先生は封筒《ふうとう》を押《お》し付《つ》けるように渡《わた》して行ってしまった。

封筒《ふうとう》の中身は、手作りのしおりだった。カレンダーかなにかから切り取った鳥の写真が厚紙《あつがみ》に貼《は》ってあり、上に金色のひもがついていた。あのとき、本を読むのが好きだと言ったのを覚えていたらしい。お腹《なか》の奥《おく》のほうから何かがせりあがってきて、泣きそうになった。泣いちゃいけないと首を振《ふ》る。泣く資格《しかく》なんか私《わたし》にはない。こめかみに中指をあててぐいと押《お》して上を向く。涙《なみだ》はこぼれなかった。

あのとき、面とむかって断《ことわ》る勇気がなくて、私《わたし》はただ逃《に》げだした。きららちゃんはきっと、私《わたし》の背中《せなか》を見ていた。きららちゃんはどれだけ悲しかっただろう。逃《に》げずに、弟のお迎《むか》えに行かなければならないことを説明すればよかった。もしかしたら、お迎《むか》えに一緒《いっしょ》についてきたかもしれない。そうしたらもっと一緒《いっしょ》にいられた。

あのしおりと鈴《すず》は、キャビネットの二段目《だんめ》の引き出しの——答えが出ない宙《ちゅう》ぶらりんのものは、たいていここに入れる——奥《おく》にしまって……隠《かく》してある。

私《わたし》は、きららちゃんに悲しい思いをさせ、ヒロに怖《こわ》くて痛《いた》い思いをさせた。きららちゃんは、今、どうしているんだろう。と考えてから、はっとなる。

そうだ、ヒロだ。ヒロはどこに行ったんだろう。

外に出ようとして、電話の前で立ち止まる。何かあったらきっと連絡《れんらく》がある。家で待っていたほうが良《い》いのかも。迷《まよ》っていると、ガチャと鍵《かぎ》の開く音がした。

「ヒロ！」ヒロがドアをあけて入ってきた。

「あ、おねえちゃん」ぼんやりした声でつぶやく。

「どうした？　なんかあった？」

黙《だま》って太郎のバケツを差し出す。空っぽだった。

「逃《に》げちゃった」ヒロはぐすんぐすんと泣きだして、だんだんと大泣きになった。

ヒロをダイニングのベンチシートに座《すわ》らせて、湯冷ましを注いだカップを渡《わた》す。大泣きは収《おさ》まって、ひくひくとしゃくりあげながら話したところによると、バケツから出してひなたぼっこさせていたら、急に走り出して逃《に》げてしまったらしい。

「すごく速く走って逃《に》げたの。池にポチャンって」

「池？　どこの池？」「神社」

近くの神社には池はない。池のある大きな神社と言うと……。

「熊野神社《くまのじんじゃ》？　駅の向こうの？」ヒロがうなずく。

「じゃ、お昼ごはん食べたら、一緒《いっしょ》に行こ？」

ヒロはうなずかない。空っぽのバケツをじっと見ている。

「わかった。すぐ行こ」私《わたし》は窓《まど》をしめて、火の元を確認《かくにん》した。

熊野神社の池の中ほど、五十メートルぐらいのところには小島があって、小島には小さな木が数本生えている。太郎はそこに向かって泳いでいったのだという。

水は緑色で、鴨《かも》が数羽《すうわ》泳いでいた。すぐ近くに幹線《かんせん》道路があるのが嘘《うそ》のように静かだった。チャプンと魚がはねたような音がして目をやると、魚の姿《すがた》はなく水に輪がひろがっているだけだった。

「カメがね、いっぱいいるの。ほら、縁《ふち》のとこにも」

ヒロが小島を指さす。目をこらして縁《ふち》を見たけれど、大きめの石が並《なら》んでいるようにしか見えない。

「石ころ、だと思うよ、あれは」「ううん、カメだよ。絶対《ぜったい》」

ヒロは木の柵《さく》をぎゅっと握《にぎ》って、きらきらした目で小島を見つめている。小さい子どもにしか見えない何かかもしれないよねと、私《わたし》も小島を見る。

「あ」ヒロと同時に声をあげた。石ころがひょいと動いて、ポチャと池にとびこんだのだ。

「見た？」私《わたし》はうんうんとうなずく。

「ね？　カメでしょ？　太郎かもしれない。ああ、戻《もど》ってこないかな」

ヒロは、池にむかって太郎！　太郎！　と名前を呼《よ》ぶ。私《わたし》は本当に太郎が戻《もど》ってくるような気がしてドキドキした。

結局太郎は戻《もど》ってこなかった。

私《わたし》たちは社務所《しゃむしょ》に行って、事情《じじょう》を話した。むすっとした怖《こわ》い顔の神主《かんぬし》さんは、捨《す》てたわけではないことと、外来種のカメではないことを確認《かくにん》してから、にこっと笑った。笑うとたんに人の好《よ》さそうな顔になった。「あそこには、カメの仲間がいるからね、楽しく暮《く》らせるよ」と、ヒロの頭をなでた。

ヒロはしょんぼりしていたけれど、三日目には水槽《すいそう》を片《かた》づけた。もうなにも飼《か》わないのかと聞くと、「水槽《すいそう》はせますぎてダメ」と怒《おこ》ったように答えた。

サイドボードの上がぽかっと空いて間の抜《ぬ》けた感じになる。

「ここになに置こうか」

「写真」

ヒロが即答《そくとう》した。台所の棚《たな》の上を指さしている。父さんの写真だった。遺影《いえい》ではなくスナップ写真が二枚《まい》。一枚《まい》は、お腹《なか》をつきだして大きくなったことを強調している母さんと小さい私《わたし》、照れてそっぽを向いている父さんの写真。もう一枚《まい》は父さんがガハハと笑っている写真で、大きくひきのばしてある。父さんは写真嫌《しゃしんぎら》いだったから、この二枚《まい》しかない。遺影《いえい》は結婚式《けっこんしき》のときの若《わか》い父さんだったけれど、その写真とお位牌《いはい》は母さんがしまってしまった。

写真と湯呑《ゆの》みと造花《ぞうか》のささった一輪挿《いちりんざ》しを置くと、ヒロはえへへっと笑った。父さんの照れ笑いとそっくりな顔だ。

「お水あげるの、ぼくもやりたい」

――そっか。

これまでの棚《たな》はヒロには高くて手が届《とど》かなかったことに、今ごろ気づく。お水をあげたり、写真を近くで見たりしたかったのか。

「じゃあ、夕方のお水あげてもらえる？　朝は、私《わたし》にやらせてね」

「うん。夕方の何時？」「夕飯のとき、かな」「わかった」

ヒロが写真を見ながら「ここにぼくもいるんだよね」と、お腹《なか》の大きな母さんを指さす。そういえば、もうすぐヒロの誕生日《たんじょうび》だ。

「誕生日《たんじょうび》、ほしいものある？」

なんでもいいと答えるとは思ったけれど、一応《いちおう》聞いてみる。

「うーん」困ったときの癖《くせ》で、上体をゆらゆら揺《ゆ》らしている。

「はちみつクレヨンにしようか」

うんっと即答《そくとう》すると思っていたのに、違《ちが》った。ヒロはまだゆらゆらしている。

「今使ってるの、小さくなっちゃってるじゃない？」

「うーん」

ヒロは、父さんの写真を手にとってから置きなおした。

「あのね、ほしいものある」

なんだろ。スニーカーはこの間母さんに買ってもらったし、食べ物や服とかじゃないだろうし、カメはもう飼《か》いたくないと言っていたし、ゲーム、とか？　ゲームだったら嫌《いや》だな。私《わたし》はゲームのない生活が気に入っていた。

「かねみたいなやつ」「かね？」

「うん。チーンってすごくいい音がする。友だちんちの仏壇《ぶつだん》にあった」

「もしかして。かねって、おりんのこと？」「おりん？」

裏紙《うらがみ》にささっとおりんの絵を描《か》く。

「そうそう、これ。あの音、きっと父さんに届《とど》くと思う」

「ほんとに？」

「うん。届《とど》く」ヒロは確信《かくしん》に満ちた声で言う。

届《とど》くかどうかじゃなくて、ほんとに誕生日《たんじょうび》のプレゼントにおりんがほしいのかって質問《しつもん》だったのだけど。

うちは仏壇《ぶつだん》もお位牌《いはい》もお線香立《せんこうた》ても置いていない。おりんだけって、変じゃないだろうか。おりんって、いくらぐらいなんだろう。そもそもどこに売ってるの？

いろんなことが頭をぐるぐるとまわって、ぼうっとなった。ヒロは「小さいのでいいの。ここに置くから」と、写真立てを後ろにずらしておりんを置くスペースを作っている。そうだ、おりんを売っているのは仏具店《ぶつぐてん》だ。

「仏具屋《ぶつぐや》さんって、あったよね？　商店街に」

「ある。和菓子屋《わがしや》さんの隣《となり》。二千円だった」

ヒロは、太郎貯金《ちょきん》の瓶《びん》を持ってきて、「まだこれしかない」と言った。百円玉六個《こ》と十円玉が八個《こ》。

「大丈夫《だいじょうぶ》。おねえちゃんがプレゼントする。これは大事にしまっといて」

ヒロが満面に笑《え》みを浮《う》かべて、なぜだかその場でくるくるとまわった。

次の日さっそくおりんを買いに行った。

おりんは思ったよりもかわいらしかった。ピンクの花のもようの座布団《ざぶとん》にちょこんとのっている。

ヒロは、こわれものを扱《あつか》うようにそっとおりんを置くと、神妙《しんみょう》な顔でチーンと鳴らした。部屋の空気がすうっと透《す》き通《とお》るような音だ。厳《おごそ》かな気持ちになって手を合わせる。私《わたし》は、母さんの部屋で聞いたスラヴァのアヴェ・マリアを思い出す。仏教《ぶっきょう》と聖歌《せいか》の組み合わせは変なのかもしれないけれど。

「ひゃあ、遅《おそ》くなっちゃった」

母さんが帰ってきた。

「もうお腹《なか》ぺこぺこ。二人ともお昼食べた？」

「あ。まだ。今作るよ」

「え、なにこれ、どうしたの？」

バッグを置きながら、おりんを指さす。事情《じじょう》を話すと、母さんはぶっとふきだした。

「誕生日《たんじょうび》プレゼントがおりんって！」

ひとしきり笑ってから、母さんも、隣《となり》に正座《せいざ》しておりんを鳴らした。チーンと澄《す》んだ音が響《ひび》く。何度聞いてもきれいな音だ。

今度は三人で手を合わせる。私《わたし》はなんとなくすぐに目をあけて母さんを見た。え？ と、私《わたし》は目を見開く。母さんの頰《ほお》をつうっと涙《なみだ》が伝ったように見えた。

母さんが口を大きく開けて、手の平で頰《ほお》をぐいとなでた。涙《なみだ》はあっというまに消えて、かわりに笑顔《えがお》が広がる。

「あくびが出るワ、さすがに」

「あ、う、うん。夜勤明《やきんあ》けだもんね」私《わたし》はあわてて答える。

「ファミレス行こっか」

「行く！」ヒロが元気よく返事した。

3

その日、買い物から帰ると、ＦＡＸが届《とど》いていた。

――美羽だ！

美羽とはＦＡＸでやりとりをする。

母さんには「今時ＦＡＸなんて」と笑われるけれど、私《わたし》と美羽は気に入っている。ドキドキしながら記録紙をセットする。カタカタと音をたてながら、美羽の文字がプリントされて出てくる。角ばっていて、きりっとしているのにぬくもりがある文字から、美羽の体温が伝わってくる。

『ＴＯ　唯ちゃん』のすぐあとに、太いペンでぐるぐるうずまきの太陽の絵が描《か》いてある。少しすました字に比《くら》べて、絵は子どもっぽくてかわいい。出だしの文章を読んで笑《え》みがこぼれる。

太陽はすばらしく輝《かがや》いているし、
空は真っ青に澄《す》んでいるね

この言い回し！　リンドグレーンの『長《なが》くつ下《した》のピッピ』だ。『ピッピ　船《ふね》にのる』だったかもしれない。とにかくピッピシリーズで大塚勇三《おおつかゆうぞう》の訳《やく》のものだ。ピッピの話はこれまでしたことがないけれど、やっぱり気に入っていたんだとうれしくなる。

『あした木曜日の午前中に図書館に行くのだけど、
会えたらいいかなと思って。
公園でおしゃべりしようよ。
OKなら、十時半すぎごろ図書館内、出口あたりにいるよ。
ヒロくんにも声かけてみて。
都合悪ければまた次にでも！　　FROM　美羽』

急いで読んでから、また読み直す。会えたらいいかななんて、これまで誰《だれ》にも言われたことがない。夏休みに誰《だれ》かと約束するのもはじめてだ。ピッピシリーズの中の『うれしくて、うれしくて、ほんとにもう、つらいくらいでした』という文章が浮《う》かんで、一人で笑ってしまった。

さっそく返事を書く。

まずは、図書館の外観の絵。古いコンクリートの二階建てでぱっとしない建物だけど、入り口のアーチはかわいいので強調して描《か》く。ついでに屋根もアーチ形にしてみる。窓《まど》は細長い両開き。建物の周りは花をつけた樹《き》。

文章はピッピ調に、『じつにすてき！』。そのあとは『あした十時半図書館内出口付近で。FROM　唯』

余《あま》ったスペースに本を読んでいるおすまし猫《ねこ》と、たくさんの本を積みあげ運んでいるウサギ。ウサギの後ろで、わっとおどかそうとしている犬も描《か》いた。

そうだ、ヒロのことも書いておこう。

『追伸《ついしん》：ヒロは外出中なので、あとで聞いてみるね』

ヒロも図書館は大好きだから、行くに決まっているけれど、一応《いちおう》聞いてみなくては。

FAXを送ってから、美羽の用紙と自分の用紙を並《なら》べて、図書館を思《おも》い浮《う》かべる。蛍光《けいこう》灯《とう》がついているのにうす暗く感じる館内、ひんやりとした空気、インクと紙の匂《にお》い。しんとしていてどこかに秘密《ひみつ》が隠《かく》されているような雰囲気《ふんいき》。

行儀《ぎょうぎ》よく並《なら》んだ背表紙《せびょうし》を眺《なが》めながら、本棚《ほんだな》の間をゆっくりと歩いていると、一冊《さつ》の本にすうっと吸《す》い寄《よ》せられることがある。タイトルも作者も初めて見るものなのに、まるで本が「読んで！」あるいは「読むべき」と言っているかのように。

そういえば、夏休みになってからまだ図書館に行っていない。夜には「明日行こうかな」と思うのだけど、翌日《よくじつ》になると暑さであきらめてしまう。ふつうに歩けばたぶん二十分ぐらいの距離《きょり》のはずだけど、いつもヒロと一緒《いっしょ》だから一時間近くかかる。ヒロは止まっている自転車を眺《なが》めたり電柱を見上げたり、植《う》え込《こ》みの中をのぞいたり、散歩中の犬に話しかけたりして、まっすぐ目的地に向かうことをしない。それはそれで楽しいけれど、炎《えん》天下《てんか》での一時間はかなり厳《きび》しい。それでも明日のことを考えるとうきうきする。

なにを借りよう。きれいな涙《なみだ》や優《やさ》しい言葉がつまっている本がいいな。精霊《せいれい》、魔法使《まほうつか》い、ユニコーン、伝説、星空や森や湖が描《えが》かれている本もいいなあ。

考えていると、ヒロが帰ってきた。さっそく図書館のことを話す。ヒロの反応《はんのう》は意外なものだった。

「ええ？　明日？」眉間《みけん》にしわをよせている。

「行かないの？　図書館だよ。そのあと美羽と公園で少しおしゃべりするの」

「ダメだよ」私《わたし》は目を丸くする。ヒロは「だって栃木《とちぎ》に行くの、明日だもの」と続けた。

え？　え？　え？　なに？　栃木って、まさか父さんの実家ってこと？

頭の中がはてなマークでいっぱいになる。

ヒロは、明日から三泊《ぱく》の予定で父さんの実家の栃木に泊《と》まりに行くという。花火大会があるからと、従兄弟《いとこ》の佑《ゆう》と和磨《かずま》に誘《さそ》われたらしい。

びっくりだった。一人で泊《と》まりに行くなんてありえない。

父さんが亡《な》くなってから栃木に行ったのは、一回だけだ。たしか三年前、私《わたし》は五年生でヒロは保育園《ほいくえん》だった。ヒロは三歳上《さいうえ》の佑くんと一歳上《さいうえ》の和磨くんには遊んでもらったけれどそれきりだったから、顔も覚えていないんじゃないかと思っていた。

「そんなの、聞いてない」「えー、言ったよ。ずいぶん前に」

絶対《ぜったい》聞いてない！　と叫《さけ》びたいのをこらえる。

「母さんはいいって言ったの？」とんがった声になったけれど、ヒロはにこにこしてうなずいた。

「おうちの人に電話してくれた。ぼくもちゃんとあいさつしたよ」

いつのまに……。

「一人で行くんだ」ヒロが得意気《とくいげ》に胸《むね》を張《は》る。

「一人で、電車に乗るの？　遠いんだよ？」

「大丈夫《だいじょうぶ》。湘南新宿《しょうなんしんじゅく》ラインで一本だから」

ショウナンシンジュクライン。初めて聞いた。もちろん乗ったこともない。

「時間も調べてあるし、駅までお迎《むか》えに来てくれるし」

「だって、顔わかるの？」

「写真送ってもらってるし、和磨くんが目印に魚の図鑑《ずかん》持ってくるって。ぼくとおんなじ本持ってるんだよ」

ヒロは、さっさとテレビの前に行き、録画予約を確認《かくにん》しはじめた。

写真って、いつ受け取ったんだろう。手紙？　それとも母さんのパソコンで？

私《わたし》はヒロの横顔を、よその子を見るような気持ちでぼんやりと眺《なが》めた。

翌日《よくじつ》。ヒロは、朝ごはんを食べると水筒《すいとう》に麦茶を詰《つ》めリュックの中を点検《てんけん》し、おりんを鳴らして父さんの写真にあいさつをすると、元気よく出かけていった。

「着いたら電話してね」何度も言ったことを繰《く》り返《かえ》すと、ヒロは「わかってるよ」と少し迷惑《めいわく》そうな声で答えた。

いつのまに一人で電車に乗れるようになったんだろう。

自分が一人で電車に乗ったのはいつだったか、考えてみる。たぶん、四年生のときだ。母さんの忘《わす》れ物《もの》の書類を届《とど》けに行った。乗ったのは二駅だけで、改札で手渡《てわた》してそのまま引き返しただけだけど、すごく緊張《きんちょう》したのを覚えている。あのときランドセルを背負《せお》った小さい子が一人で乗っているのを見て妙《みょう》に感心したんだっけ。あの子はヒロぐらいの歳《とし》だったかもしれない。だけどやっぱり、一人で栃木なんて無謀《むぼう》だ。母さんも母さんだ。

「かわいい子には旅をさせないとね」なんて言っていたけれど、心配じゃないんだろうか。父さんが亡《な》くなってから栃木の家とは疎遠《そえん》になっていることだって、気にならないんだろうか。

まったくもう。なにもかもが納得《なっとく》いかなくて胸《むね》がもやもやする。

母さんが「唯ったら過保護《かほご》のお母さんみたいだね」と笑った。

「あんまり構《かま》いすぎると嫌《きら》われちゃうよ」からかうような口調にカチンとくる。

「かっ、母さんは、無関心すぎるんだよ」

めったに口答えをしない私《わたし》の抵抗《ていこう》に、母さんはちょっとびっくりした顔になったけれど、すぐに「じゃあ私《わたし》と唯でちょうどいいかもね」とまた笑った。私《わたし》もつられて少し笑ってしまったけれど、胸《むね》の中はもやもやしたままだった。

栃木に行く途中《とちゅう》でヒロに何かあったらと思うと家にいたい気もしたけれど、やっぱり予定どおり出かけることにした。母さんは休みで家にいる。帰りに公園のわきにあるパン屋さんで、BLTサンドとクルミパンを買ってくるよう頼《たの》まれた。クルミパンは明日の仕事中のおやつになる。私《わたし》はどうしようかな。いつもなら、コーンパンとふわふわクリームパンとトマトとレタスをはさむための玄米《げんまい》パンを買い、ヒロと分けっこするのだけど。

美羽に借りた本と麦茶の水筒《すいとう》を布《ぬの》バッグに入れ、早めに家を出る。特に速足ではなかったけれど、十五分ほどで図書館についた。ゆっくりと本を選び、いつものように本棚《ほんだな》を眺《なが》めたけれど、今日は「読んで」の声はなかった。借りたい本がきっちり決まっていたせいかもしれない。美羽との約束までにはまだ時間があった。書架《しょか》の隅《すみ》にある小さなソファがあいている。お気に入りの場所だ。あそこでなら長い時間過《す》ごせる。ソファに行く途中《とちゅう》で特設《とくせつ》の「夏の本コーナー」の端《はし》っこの薄《うす》い本をタイトルも見ずにすっと手にとった。「読んで」というより、そこに置かれているのがなんだか居心地悪《いごこちわる》そうに見えたのだ。「ここにいていいんですか？　ちがいませんか？」という感じだった。

ソファに座《すわ》って、本の表紙を見る。黒をバックに透明《とうめい》なブルーのオブジェ。『真夜中《まよなか》は稚魚《ちぎょ》の世界《せかい》』。え？　と表紙をよく見ると、透明《とうめい》な飴細工《あめざいく》のようにクルリとまいたリボンの真ん中に顔があった。

「なにこれ……」思わず声が出る。

本を開くと、そでに「エイリアンではありません」「魚の赤ちゃんです」とあった。稚《ち》魚《ぎょ》の図鑑《ずかん》みたいな写真集だった。物語以外に興味《きょうみ》はないのでこれは借りないよねと思いつつ、ページをめくる。表紙のオブジェのようなものは、ウツボの赤ちゃん。葉形幼生《ようけいようせい》ともいうらしい。すこし不気味で美しい妖精《ようせい》。親の姿《すがた》とはまるで違《ちが》う。七色に体を光らせている稚魚《ちぎょ》、思わずふきだしてしまう顔の稚魚《ちぎょ》、なんだかわけがわからない形になって光っている深海の稚魚《ちぎょ》もいる。透明《とうめい》な体で水中を浮遊《ふゆう》している宇宙《うちゅう》生物のようだ。知らなかった世界がここに静かに広がっている。稚魚《ちぎょ》たちの目から見たら世界はどんなふうに映《うつ》るんだろう。いつのまにか息を止めていたことに気がついて、大きく息をはく。この息に色があったら、きっと透明《とうめい》なブルーだ。

文章はあとでゆっくり読んでみなければ。ヒロにも早く見せてあげたいな。美羽も興味《きょうみ》をもつかも。

私《わたし》はなぜか勢《いきお》い込《こ》んで、貸出《かしだし》カウンターに行った。

布《ぬの》バッグから美羽に借りた本を出して図書館の本を入れる。美羽の本を胸《むね》にかかえると、包みのビニールが腕《うで》の中でカシャと小さな音をたてた。包みはお菓子《かし》が入っていた袋《ふくろ》で、紺地《こんじ》に銀の星が描《か》いてある。カウンターの時計は十時二十分だった。まだ美羽はいないだろうと思いながら出入り口に向かう。

美羽は、もういた。バッグを肩《かた》にかけ、壁《かべ》にもたれて立ったまま本を開いている。出入り口のガラス扉《とびら》からさしこむ光でショートの髪《かみ》が茶色っぽく光る。

ふいに懐《なつ》かしさで胸《むね》がいっぱいになった。そんなに離《はな》れていたわけじゃないのに、大袈《おおげ》裟《さ》だ。ばかみたいと思うのに、じわっと目の奥《おく》が熱くなる。

あわてて、「冷蔵庫《れいぞうこ》、冷蔵庫《れいぞうこ》」と唱える。涙《なみだ》が出そうになったら、献立《こんだて》を考えると涙《なみだ》が出てこない。これは最近の発見だ。トマト、キャベツ、そうだ、ナスがあった。ひき肉もあるから麻婆《マーボー》ナスが作れる。

美羽が本から顔をあげて私《わたし》に気がつき、「や」と片手《かたて》をあげる。

麻婆《マーボー》ナス。と頭の中でつぶやきながら、私《わたし》も胸《むね》の前で小さく手をふった。


歌う花の話をしながら公園に向かう。美羽は、ディズニー映画《えいが》の『ふしぎの国《くに》のアリス』にでてくる、花の話をした。

立原えりかのお話の内容《ないよう》には触《ふ》れなかった。『わすれもの』というタイトルの短編《たんぺん》は、歌う花をさがして旅に出たお父さんを待っている女の子のもとに金色のカモシカが訪《おとず》れる、美しくて切ないお話だった。

私《わたし》は小さいころ、父さんはフィンランドの森の奥《おく》で熊の姿《すがた》で幸せに暮《く》らしていると思っていた。赤ちゃんのヒロがぐっすり眠《ねむ》っていて静かな午後、母さんが見せてくれた本からのイメージだ。

『フィンランド・森《もり》の精霊《せいれい》と旅《たび》をする』漢字が読めなくて何度も聞いたから、よく覚えている。せいれいという響《ひび》きがとてもステキだった。

母さんは、秘密《ひみつ》の小箱をあけるかのようにそっと本を開いた。森と精霊《せいれい》たちと熊の美しい本だった。母さんは声をひそめて「熊は森の支配者《しはいしゃ》で、森そのものなんだって」と言った。

これは父さんのアルバムだと、私《わたし》は思った。父さんは熊になって森の王になった。だから父さんの死は悲しむことはない。大人になったら、フィンランドの森に行けば、また父さんに会える――。

母さんがその本を見せてくれたのは一度きりだったけれど、また見せてとはせがまなかった。森の風景とその中の熊と精霊《せいれい》たちは私《わたし》の中に記憶《きおく》され、何度でもよみがえらせることができた。その父さんのアルバムは私《わたし》だけのものだ。私《わたし》は何度も自分の中のアルバムを広げ、そこに自分がいることを想像《そうぞう》した。熊の父さんと一緒《いっしょ》にダンスをしたり、木の実を食べたり、お花見をしたり、筏《いかだ》で川をくだったり、父さんのやわらかな胸《むね》の中で眠《ねむ》ったり。一時間でも二時間でも想像《そうぞう》の中に浸《ひた》っていられた。

アルバムをひらかなくなったのは、いつからだろう。父さんが『森の王の熊』ではなく、『やさしい熊さんのイメージを持っていた人』と思うようになったのはいつからだろう。

母さんに、本はどこにあるのかと聞いたころからかもしれない。たしか十歳《さい》ぐらいのときだったと思う。母さんは「えーそんな本見せたっけ？　誰《だれ》かに借りたのかなあ」と首をひねっていたけれど、「ごめん、ぜんぜん覚えてないワ」と言った。

美羽にそんなことを話してみたい気持ちもあった。『わすれもの』の感想もくわしく聞きたい気もした。けれど、私《わたし》は黙《だま》って歩いた。

美羽は離婚《りこん》で離《はな》れてしまったお父さんのことをとても好きだったから、「父さん」を語るのはためらわれた。くわしい感想は聞けなくても、この本良かったねで、十分だと思うことにした。


いつも座《すわ》るベンチには、小さい子どもをつれたお母さんたちがいたので、噴水《ふんすい》のほうに行く。噴水《ふんすい》は十五分おきぐらいに噴《ふ》きだす仕組みで、今は静かだった。コンクリートの壁《かべ》を小さな滝《たき》のように水が流れ落ちている。その下の水遊び場で小さな子がバシャバシャと足を濡《ぬ》らして遊んでいる。むこうでは、高校生らしき女子が数人、大きな音で音楽をかけながらダンスの練習をしていた。

「なんか、あった?」と美羽が言った。

突然《とつぜん》聞かれたので私《わたし》はあわててしまう。

「え? ううん、なんにも。あ。あった、かな」おかしな答えになってしまった。

ヒロの栃木行きのことを話すと、美羽は「へえ」と、感心した声をあげた。

「一人で栃木って、結構《けっこう》チャレンジャーだね。驚《おどろ》いたでしょ」

「もうびっくり。電車の時刻《じこく》なんかも一人で調べてて」

「どれぐらいびっくり？」美羽がいたずらっぽい目をして聞き返す。どれぐらいって、ええと……。

「玉子焼きを作ろうとして、卵《たまご》を割《わ》ったら中から魔人《まじん》が出てきたぐらい、びっくり」

美羽が間をおいて笑い出す。夏の空ににあう笑い声だった。

「やー想像《そうぞう》しちゃったよ、魔人《まじん》。アラジンの魔法《まほう》のランプ的な？」「うーん。もうちょっと小さめかも」「卵《たまご》。ボウルに割《わ》るならいいけど、直接《ちょくせつ》フライパンに落としたら困《こま》るよね、魔人《まじん》」「やけどするね」「でも靴《くつ》はいてるし」「フライパンに靴《くつ》は、ちょっと」

しばらく魔人《まじん》について話をした。どうでもいいような話をしていたら、気持ちがほぐれて胸《むね》のもやもやが落ち着いてきた。

「ヒロくん、冒険《ぼうけん》物語とか好きだもんね」

え？　そうだっけ……。そういえば、図鑑《ずかん》ばかりじゃなくて物語も読むようになったんだなとは思っていたけれど。

「心配？」「うん。まだ二年生だから」

「ママの知り合いの子が、一年生だけど一人で北海道《ほっかいどう》に行って帰ってきたよ」「北海道に？」「飛行機だって」

飛行機……。私《わたし》は、空港にも行ったことがない。テレビで見た空港内は、広くていろんな案内板があって、荷物のカウンターや搭乗口《とうじょうぐち》もたくさんあってなにがなんだか。航空《こうくう》チケットはどこでどうやって買うのかもわからない。

「一人旅って、あこがれるなあ」美羽がぐうんとのびをした。

「唯ちゃんはどこか行ってみたいところある？」

「うーん。どこかなあ」行きたいところは……父さんのいる森、永遠《えいえん》の庭。だけど、現実《げんじつ》的《てき》に行けるところは思いつかない。

噴水《ふんすい》がぱあっと噴《ふ》きだして、水が高くあがった。しぶきがきらめき、薄《うす》い虹《にじ》を作る。

テレビで見た外国の街並《まちな》みを思《おも》い浮《う》かべてみるけれど、自分とはかけ離《はな》れた風景のようにしか思えない。しかたないので話を変える。

「サッチの勉強、続いてるの？」

「うん、終わった。先週」

「先週？　早くない？」先週っていうことは、二週間ぐらいしかやっていないことになる。週に一度なら、たったの二回か三回？

「連続でね、やったのよ。十回ぐらい。これからってとこだったんだけど」

小学校の算数をやりおえて、さて次は中学の数学というところだったという。

「サッチって頭の回転いいのよ。へんなとこでつまずいていただけで。分数と小数のとこなんだけどね、そこクリアしたらもうまったく問題なくて。あのまま中学の教科書やればすぐ追いつくはずなのに。だいたい勝手すぎるよ、強引《ごういん》に引《ひ》っ張《ば》りこんで急にやめちゃうとかさ」美羽は「つきあいきれないよ」と口をとがらせる。「目標達成したからもういいんだって。どんな目標なんだか」はあっと大きなため息をつく。「何が気に入らないのか急に暴《あば》れ出《だ》したりするし」

「暴《あば》れるの？」「そうだよ。ものは投げるし、やたらつっかかってきて、人のこと説教ババァとか言うし。サイテーだよ」

美羽は「ん？」と首をかしげてから「あたし、愚痴《ぐち》ってる？」と聞いた。「泣き言？　いや悪口かな」一人言のようにつぶやく。

ええと……愚痴《ぐち》っていうのは言ってもしかたないことを言って嘆《なげ》くっていう意味だよ

ね？　泣き言は、あれ？　どう違《ちが》うんだっけ？

考えていたら、美羽が「いずれにせよ、聞かされてるほうは嫌《いや》だよね。サイテーだな、あたしも」と言った。

私《わたし》はあわててぶるぶると首を横にふる。

「愚痴《ぐち》だったかどうかはわかんないけど、嫌《いや》じゃなかったし、全然最低じゃないと思う」

それは、本当は美羽がサッチのことを思っているからというようなことを言いたかったけれど、うまく言葉にできなかった。

「唯ちゃんに言ってもらえるとほっとするけど。なんだかなあ」

小学校の算数だけって、もしかして……。

「弟さんのため、とか」「え？　なに？」

「サッチ。最初から、小学生が習う算数だけが必要だったのかも」

「あーそれかなあ。コウタに聞かれて答えらんなかったら恥《はじ》だとかは言ってたけど」

コウタくんは母親と新しい父親と一緒《いっしょ》に暮《く》らしていると聞いている。

「サッチ、またコウタくんと暮《く》らせるのかな」「さあ」美羽が肩《かた》をすくめて話を打ち切った。

「そうだ」キャンバス地のバッグから薄《うす》い冊子《さっし》を出す。

「地下鉄の駅のフリーペーパー。唯ちゃんも好きかもって思って」

A四判《ばん》よりひとまわり大きい表紙には、『特集　本のある街』とある。

「いろんな本屋さんが載《の》ってるんだよ。見て、これ」

開いたページは、天井《てんじょう》まで届《とど》く書棚《しょだな》に本が並《なら》んだカフェだった。改めて、本がある場所は良《い》いなあと思う。特別な空気に包まれて、そこでの時間は自分の感覚でゆったりと流れている。自分と本だけの世界。そしてその世界は広い宇宙《うちゅう》とつながっている。

松本《まつもと》、尾道《おのみち》、京都《きょうと》、神戸《こうべ》、熊本《くまもと》。各地のカフェはどの店も、本のある場所の空気を大切にした、優《やさ》しくてぜいたくな空間になっていた。

私《わたし》はずっとあこがれている屋根裏部屋《やねうらべや》を思った。『ムギと王《おう》さま』のまえがきにあった、本の小部屋。花や雑草《ざっそう》が伸《の》び放題《ほうだい》になっている庭のように本が無秩序《むちつじょ》にぎっしりと置いてある小部屋。金色の埃《ほこり》がきらきらと舞《ま》うその部屋を思うだけで、いつも私《わたし》はうっとりとした。

家のカーテンの後ろを屋根裏部屋《やねうらべや》にみたてていたころもある。カーテンの小部屋はヒロもお気に入りで、右と左に分かれて本を読んだりした。そこは幼《おさな》い日に入《はい》り込《こ》んでいたソファの隙間《すきま》にも少しだけ似《に》ていた。

くふんと笑う美羽の声ではっとなり、冊子《さっし》から顔をあげる。

「あげるよ。そのつもりで二冊《さつ》もらってきてるし。あとでゆっくり読んで」

「ほんと？　うれしい。ありがと」冊子《さっし》を閉《と》じて、折れないように気をつけながらバッグにしまう。

「唯ちゃんが描《か》いた図書館、かわいかったね」

「え、あのＦＡＸの？」美羽がうなずく。私《わたし》は自分の頬《ほ》っぺたに手の平をあてる。ささっと描《か》いただけのものだから、恥《は》ずかしい。

「外観もだけど、図書館の内装《ないそう》ってすんごく気になる」と美羽。

「内装《ないそう》？」

「本屋さんとか飲食店とか美術館《びじゅつかん》とかもね」美羽は目をきらきらさせて遠くを見ている。

「ポルトガルのジョアニナ図書館、見たいなあ。『美女《びじょ》と野獣《やじゅう》』の図書館のモデルらしいよ。実写の。アニメは、オーストリア国立図書館みたいで、これもまたいいのだよ」

「へえ、へえ」私《わたし》は繰《く》り返《かえ》してしまう。『美女と野獣』のアニメはテレビで見たけれど、図書館のモデルがあるなんて知らなかった。美羽が内装《ないそう》に興味《きょうみ》があるというのも今はじめて知った。

「いつか行きたいなあ」「あ、一人旅？」

「人ってさ、しょせん孤独《こどく》な存在《そんざい》じゃん？　存在《そんざい》自体が孤独《こどく》というべきか」唐突《とうとつ》と思える発言に驚《おどろ》いて、美羽の顔を見る。

私《わたし》は孤独《こどく》という言葉にひやりとしていたけれど、美羽はいつもどおりの涼《すず》しげな表情《ひょうじょう》だ。すっと空気がゆれる。美羽が「あ、いい風」とつぶやいて目を細める。『孤独《こどく》』と『風』の声のトーンが同じだった。美羽の中にいつも普通《ふつう》にある言葉なのかもしれない。

「ならば一人を楽しみたいと思うわけだ。で、とりあえずの一人旅は、これ」

バッグから、また別の冊子《さっし》を取り出す。

表紙は仏像《ぶつぞう》だった。『荘厳《そうごん》な美仏巡礼《びぶつじゅんれい》』と、ある。

「仏像《ぶつぞう》……」

私《わたし》はまたもやびっくり。仏像《ぶつぞう》のことなんて考えたこともなかった。

「お寺の内装《ないそう》？」

「ってわけじゃなくて、美しいものはなんでも見ておきたいなあと思って。ほら、拝観料《はいかんりょう》無料だし」

「へえ、へえ、へえ」なんだかとても感心してしまって、美羽の横顔を見つめて、ぽおっとなった。

「あたしさあ。芝居《しばい》とか映画《えいが》とか好きだけど。結局ママの趣味《しゅみ》の中にいる気がしてきて、ちょっと嫌《いや》かなって。まあ感謝《かんしゃ》もしてるけど、自分独自《どくじ》のなにかを見つけたいなあって思うわけだよ」

十二時のチャイムが鳴る。しゅわっと噴水《ふんすい》が大きく噴《ふ》きだして、虹《にじ》を作った。

「帰ろっか」美羽が勢《いきお》いをつけて飛《と》び跳《は》ねるようにして立ちあがる。

もう少し話していたかったけれど、そろそろヒロが栃木につく時間だった。

「うん。またね」

「あたし、コンビニ寄《よ》ってくから。じゃっ」と美羽が片手《かたて》をあげてすたすた歩きだす。ふりかえることはない。

行きたいところかあ。小さくなる美羽の後《うし》ろ姿《すがた》をぼんやりと見ながら考えてみる。やっぱりなにも思いつかない。

私《わたし》はほうっとため息に似《に》た息をはいて、家へと歩きだす。

借りてきた稚魚《ちぎょ》の本の話をするのを忘《わす》れたことに気がつく。美羽の話が私《わたし》の思ってもいないことばかりだったせいかもしれない。

同じところに立っていても、見ているものは全然ちがうのだなと、しみじみ思う。美羽は私《わたし》が想像《そうぞう》したこともない広いところを見ている。ヒロもそうなのかもしれない。同じものを食べて同じ部屋で寝起《ねお》きしていても、見ているものはちがう。ヒロのことも母さんのことも知っているような気になっているけれど、知らないことのほうが多いんだろうな。

ふとサッチに「地面ばっか見て歩いてんじゃねえよ」と言われたことを思い出した。言われてみれば、私《わたし》はたいていうつむきがちに歩いている。歩き方だけじゃなくて、私《わたし》が見ているのは、うつむいて歩いている状態《じょうたい》の小さな世界なのかもしれない。

小さいのは悪いことではないと、思う。たとえば稚魚《ちぎょ》の本は小さな世界の中に大きな宇《う》宙《ちゅう》があることを伝えてくれる。うん。そうだよ。だけど。私《わたし》は自分の中に大きな宇宙《うちゅう》があるように思えなくて、悲しくなる。

「あ」

ぽとりと、小さな黄色い運動靴《うんどうぐつ》が落ちてきた。拾って顔を上げると、親子連れが歩いていくのが目に入った。子どもは背中《せなか》におんぶされていて、ぶらぶらしている足の片方《かたほう》の靴《くつ》がなかった。

「あの、落とし物！　あの！」

大きな声を出したつもりだけど、振《ふ》り向《む》いてもらえない。駆《か》け寄《よ》って、「あの」と声をかける。走ったせいで汗《あせ》がどっと噴《ふ》き出《だ》す。

お母さんが訝《いぶか》しげな顔をむける。四角い顔で少しとっつきにくい雰囲気《ふんいき》だ。背中《せなか》の子は、首をがくんとまげてぐっすり眠《ねむ》っていた。

「あの、これ」靴《くつ》を渡《わた》すと、「あら」と目をまるくする。背中《せなか》の子の足を確認《かくにん》して、ニッと笑う。

「ありがと。暑いね」買《か》い物袋《ものぶくろ》から、キュウリを一本取り出す。

「おいしいよ。ここの、産地直送だから。はい」私《わたし》の手をとってぽんとのせる。つやつやして濃《こ》い緑色をしたキュウリだった。手の平でころがすと、しっかりしたいぼいぼがくすぐったかった。

ふと、サッチが「地面ばっか見て」と言ったそのあとに続けた美羽の言葉を思い出す。

「だけど、唯ちゃんは、水たまりに雲が映《うつ》ってるのを見つけられるよ。道端《みちばた》に咲《さ》いてるたんぽぽとか」。サッチは「ヒキガエルやどぶねずみも一番に見つけられんな」と憎《にく》まれ口《ぐち》をたたいたんだっけ。

「しまった」パン屋さんに行くことを思い出し、あわてて今来た道をひきかえす。日差しは最高潮《さいこうちょう》といってもいいぐらいに強く、日蔭《ひかげ》を選んで歩いても汗《あせ》が噴《ふ》き出《だ》す。日がカンカンに照っている道端《みちばた》で小学三年生ぐらいの男の子二人が組み合ってふざけあっている。熱中症《ねっちゅうしょう》にならないといいけどと余計《よけい》な心配をしながら通《とお》り過《す》ぎると、「お！」と叫《さけ》び声《ごえ》が聞こえた。続いて「おー」と言うもう一人の声。振《ふ》り向《む》くと、二人とも空を見上げていた。青い空に白い飛行機雲がぐうんとまっすぐ線を描《えが》いている。線の先で何かがチカッと光る。

「飛行機！」男の子が指さした。飛行機はもう一度銀色に光ってすぐに雲の向こうへと消えた。

飛行機に乗った大勢《おおぜい》の人々がそれぞれの場所に行くのだなと思う。

私《わたし》は「いってらっしゃい」と胸《むね》の中でつぶやいた。

4

おねえちゃん……。

どきっとして目を覚ます。部屋はまだ暗い。

ヒロ？

あわてて隣《となり》の布団《ふとん》を見る。ぽかんとあいたスペースには畳《たたみ》しかない。一瞬《いっしゅん》息が止まりそうになる。いや待って落ち着いて。大きく息を吸《す》って吐《は》く。頭の中を整理する。そうだ、そうだ、ヒロは栃木に行っているんだった。三泊《ぱく》の予定だったのに、もう一週間になる。呼《よ》ばれたのは気のせいだ。そう思いながら耳をすます。しんと静かだった。人の気配はない。母さんは夜勤《やきん》だから、家の中は私《わたし》一人だった。

のろのろと起き上がり、キッチンに行く。冷蔵庫《れいぞうこ》がブーンと小さな音をたてていた。この音が鳴りだしたら寿命《じゅみょう》だと聞いたことがある。私《わたし》が生まれたときに買ったものだというから、だめになってもおかしくはない。

冷蔵庫《れいぞうこ》を開けると、ぱあっとひろがった光に目をしばたかせる。

冷蔵庫《れいぞうこ》ってこんなに明るかったかな。

一瞬《いっしゅん》、宇宙人《うちゅうじん》がUFOに乗って迎《むか》えに来た図が頭をよぎったけれど、もちろんただの冷《れい》蔵庫《ぞうこ》だった。ふだんは食材でいっぱいの庫内は、今はすっきりしている。ヒロがいないので、買い物も行かず料理もあまりやらなくなっていた。瓶詰《びんづめ》がお行儀《ぎょうぎ》よく並《なら》んでいる。

麦茶をだしてから、ついでに野菜室も確認《かくにん》してみる。キャベツ、トマト、ニンジン。ほうれん草《そう》がしんなりしてしまっているから明日使わなければ。ニンジンラペのピクルスも少なくなっているから、そろそろ作ったほうがいい。ニンジンラペはオレンジ色がかわいくて好きだ。作るときも心がはずむ――はずなのに、ふうっとため息をついてしまう。体も心もどんよりと重かった。

パタンと冷蔵庫《れいぞうこ》をしめると、ドアに留《と》めた新聞の切《き》り抜《ぬ》きがマグネットごと落ちる。記事は【アイスを作る実験】。密閉保存袋《みっぺいほぞんぶくろ》を使ってアイスクリームを作る実験で、「塩がついたところの氷がとけ、その際《さい》周りから熱を吸収《きゅうしゅう》し、周囲《しゅうい》の温度が下がることが学べる」と書いてある。低学年でも可能《かのう》とあるので、ヒロの自由研究にぴったりだ。一緒《いっしょ》に実験してできたアイスを食べたらきっと楽しい。

去年は絵地図を描《か》いた。家から駅まで、家から学校までを二人で歩いてメモをとっていくのも、私《わたし》も絵地図を描《か》いてヒロの絵と比《くら》べっこするのも楽しかった。

ヒロ、早く帰ってくればいいのに。

記事を留《と》め直《なお》し、電気をつけないまま、テーブルまで行きベンチシートに座《すわ》って麦茶を飲む。麦茶はおととい作ったものだ。今までは毎日作るのが当たり前だったのに、ヒロ一人がいないだけでずいぶんといろいろ違《ちが》ってくる。

窓《まど》の外を見ると月が見えた。左半分の下弦《かげん》の月。青みがかった白色に輝《かがや》いている。この窓《まど》から月を見たのは初めてのような気がする。そもそも夜中にこんなふうに座《すわ》っていることもなかったけれど。

一人なんだなと思う。知らない広い野原にぽつんと取り残されているような一人だった。

半月の浮《う》かんだ夜空は、窓枠《まどわく》を額縁《がくぶち》にした一枚《まい》の絵のようだった。

突然《とつぜん》、ヒロと作ったお話のことを思い出した。『月と子猫《こねこ》』のお話だ。

去年の冬の夜。指先がじんじんするほど空気が冷たくて、吐《は》く息が白かった。母さんと

三人で晩《ばん》ごはんを食べに行った帰り道、ヒロに言われて空を見上げると、真っ白な丸い月の下、屋根の上に猫《ねこ》がいた。シルエットになっていて模様《もよう》はわからなかったけれど、細身ですっとした猫《ねこ》だ。そろえた前足が長い。

「かっこいい」とヒロ。そうだねと、私《わたし》はうなずく。

私《わたし》たちはしばらく足をとめて見とれていたけれど、ヒロがくしゃみをしたのであわててひきあげた。

次の日は休みだったから、一日かけて月と子猫《こねこ》の話をつくった。二人でお話を考えたけれど、私《わたし》の案は却下《きゃっか》されてヒロが考えたものになった。却下《きゃっか》されたお話がどんなだったか思い出せないけれど、ヒロが私《わたし》の提案《ていあん》にものすごく抵抗《ていこう》したのは覚えている。ヒロが思いつくままにストーリーをしゃべって、私《わたし》がそれを文章にした。レポート用紙に走り書きしたものだったから、あとできれいな紙に書きなおして母さんに見せようねと言っていたのだけど、結局やらずにキャビネットの二段目《だんめ》の引き出しに放りっぱなしになっている。

ヒロは、次はイルカの子が冒険《ぼうけん》に出るお話を作ろうと言っていたけれど、それもメモしただけでやめてしまって、キャビネットの二段目《だんめ》の引き出しに入っている。宙《ちゅう》ぶらりんのものを入れているキャビネットの二段目《だんめ》の引き出しは、きっとそのうちいっぱいになってしまう。

テーブルに頬《ほお》をつけて、月を眺《なが》める。月の光をあびながら眠《ねむ》ったら、なにか不思議なことが起こりそうな気がする。光の帯が道を作り、私《わたし》は滑《すべ》るように歩き出す。牧神パンの笛の音にあわせて光の精《せい》がきらきらと舞《ま》い、羽のはえた猫《ねこ》がじゃれあう。遠くを金色の龍《りゅう》が駆《か》け上《のぼ》っていく。私《わたし》は月光の道を通って父さんがいる森に行く。道案内をしてくれるのは、真っ白なユニコーン……。ふいに道が消えて、落ちる！　と思った瞬間《しゅんかん》、目をさました。

うたた寝《ね》をしていたらしい。長く寝《ね》ていた気もするけれど、月の位置はほとんどかわっていないから一瞬《いっしゅん》だったのかもしれない。首をさすりながらコップを持ち上げると、テーブルに丸く水のあとが付いていた。指で水をのばして、ユニコーンの角にしてみる。

やっぱり、月光の道をわたるには体も心も重いんだろうな。私《わたし》は、父さんのいる森にも永遠《えいえん》の庭にも行けない。ただぼんやりと夢見《ゆめみ》るだけだ。わかっていたことを改めてつきつけられると、お腹《なか》の奥《おく》のほうがぎゅっとねじれるような気がした。

ヒロはいつ帰ってくるんだろう。母さんは聞いているかもしれないから、聞いてみようかな。

半分眠《ねむ》っている頭のままコップを流しに置き、また布団《ふとん》へと戻《もど》った。

翌朝《よくあさ》目を覚ましたら七時を回っていた。寝坊《ねぼう》だとあせって起き上がってから、早起きする必要がなかったことに気がつく。母さんが帰るのはたぶん昼過《ひるす》ぎだろう。七時過《す》ぎまで寝《ね》ているなんて、何年ぶりだろうと考えてみたけれど、思い出せなかった。

バタートーストとトマトで簡単《かんたん》な朝食をすませると、ふだんどおり洗濯《せんたく》をする。ヒロ一人分の洗濯物《せんたくもの》なんてたいした量じゃないはずなのに、いないとやけに洗濯物《せんたくもの》が少ない。母さんの部屋のカーテンとガラス戸を開け、さっと掃除機《そうじき》をかける。布団《ふとん》をしまった居間《いま》は片《かた》づいていて汚《よご》れてもいなかったけれど、一応掃除機《いちおうそうじき》をかけて、たてかけてあるローテーブルを置く。これで終わり。今日は一時間も寝坊《ねぼう》をしたのに、まだ九時前だった。いつもなら、最低限《さいていげん》の家事を終えるのは十時ごろだ。そのあとは冷蔵庫《れいぞうこ》の中を確認《かくにん》してお昼ごはんと夕飯の献立《こんだて》を決め、翌日以降《よくじついこう》の献立《こんだて》も考える。料理の仕上がりのイメージ、副菜、栄養のバランス、残った食材の活用法、必要な買い物……。テーブルに両肘《りょうひじ》を突《つ》いて手の平にあごをのせてあれこれ考えるのは、楽しい時間だった。遠足は、準備《じゅんび》している前日が一番楽しいというのを聞いたことがあるけど、それに似《に》ているのかもしれない。

今日のお昼は私《わたし》一人だ。母さんの分は冷凍《れいとう》のおにぎりと保存食《ほぞんしょく》だけで、基本《きほん》作らなくてよいことになっている。母さんとの外食以外は自分一人のごはん。お昼だけじゃなくて、朝も夜も、ヒロが帰ってくるまでずっと。

「そっか。そういうことか」自分一人なら、何でもいい。特に食べたいものはないし、第一作る気持ちにならない。

前にサッチが「食う奴《やつ》いなきゃ作る気しねえよな」と言ったとき、この人は料理が好きじゃないんだなと思った。私《わたし》だったら……。食べるのが自分だけなら、試《ため》してみたい料理がたくさんある。自分だけの分なら失敗してもなんとかなるから、新作に挑戦《ちょうせん》できるはず。そう思っていたのに、いざとなるとまるで違《ちが》った。私《わたし》は……。私《わたし》は自分で思っていたより料理が好きじゃないのかもしれない。じゃあ、ほかに好きなものは……思いつかない。好きなものも食べたいものも行きたいところもなんにもないなんて……。なんて空っぽなんだろうと、自分にがっかりしてしまう。

はあっと大きなため息をついて、時間があったらやろうとしていた家事を思《おも》い浮《う》かべる。春休み以来やっていない網戸《あみど》の掃除《そうじ》。いつもは簡単《かんたん》にすませている窓《まど》と床拭《ゆかふ》きと冷蔵《れいぞう》庫内《こない》の掃除《そうじ》。カーテンの洗濯《せんたく》。きれいにしたいなと前から思っていたのに、どれもやる気になれない。

風がまったくなく蒸《む》し暑《あつ》かった。濡《ぬ》れタオルで首すじをふいて扇風機《せんぷうき》にあたったけれど汗《あせ》は止まらない。エアコンをつけると六畳《じょう》の部屋はすぐに冷えて、すっと汗《あせ》がひいた。ローテーブルの前に座《すわ》り、電源《でんげん》の入っていないテレビ画面をぼんやり見る。まだ見ていない録画番組があったっけ。『BBC《ビービーシー》 Earth《アース》』と、『岩合光昭《いわごうみつあき》の世界《せかい》ネコ歩《ある》き』。いつもなら、リアルタイムで見てまたあとで録画を見直したりするのだけど、今はテレビをつける気にもなれない。

一人の私《わたし》は、とたんに無意味で無価値《むかち》な存在《そんざい》になってしまう。行きたいところもやりたいことも好きなこともなんにもない。

なにもかもがヒロありきだった。ヒロがいたから家事もこなせたし、料理も楽しかった。私《わたし》は、ヒロの世話をすることで自分が意味ある存在《そんざい》だと思うことができた。ヒロの役に立っている、ヒロに頼《たよ》りにされていると思っていたけれど、それは間違《まちが》いだ。ヒロに寄《よ》りかかっていたのは私《わたし》のほうだ。情《なさ》けないなあと思う。美羽のように一人を楽しむなんて、とうていできそうもない。ましてや父さんが望む「強い女の人」なんて、絶対《ぜったい》といっていいほど無理だ。

父さん……とつぶやいて、今朝はいつもの白湯《さゆ》を飲まなかったことに気がついた。調子が悪いのはそのせいかもしれない。でもあれは朝のルーティンだから、今から飲んでも無《む》駄《だ》だ。無駄《むだ》か。『すべてがむだであることについて』という本を愛読していたのは、ムーミン谷《だに》のじゃこうねずみだったっけ。私《わたし》もじゃこうねずみさんのように洞窟《どうくつ》にこもってしまいたい。テーブルの縁《ふち》を人差し指でなぞる。

小さくなあれ、小さくなあれ、小さくなって蟻《あり》さんになあれ。

動かない空気を破《やぶ》るような音が響《ひび》いた。びくんとして音のするほうを見る。そうか電話かと納得《なっとく》して、子機を手にとる。

「おねえちゃん!」ヒロだった。元気な声に驚《おどろ》いて、一瞬《いっしゅん》子機を耳から離《はな》して見てしまう。

「あのね、あのね、きのうはね、カヤをつってもらったの。カヤって知ってる? 青いあみあみで部屋じゅう鳥小屋みたいになるの、中に入ると海みたいなんだよ。佑くんと和磨くんと布団《ふとん》の海で泳いだの」

カヤ? 鳥小屋で海って……。カヤが蚊帳《かや》だとわかるまでに時間がかかってしまう。前にテレビで見たのは、白いメッシュでワンタッチで広がる二、三人用のテントのようなものだったけど、あれとは違《ちが》うんだろうか。

「それでね、今朝はね、早起きして森に行ったんだよ」ヒロは私《わたし》の反応《はんのう》は聞かずに話し続ける。

「佑くんが樹《き》をボンッて蹴《け》ったら、カブトムシがどわーって落ちてきてね、それで」ヒロが急に笑い声をたてる。

「和磨くんが変な顔して笑わすんだよ。もう、あっち行ってて」

最後の言葉は電話の向こうの和磨くんに言っていた。ヒロが別の空間にいることを実感する。そこは、たぶんとても遠い。

ヒロの話は止まらない。三十分も歩いて川に行ったこと、雷《かみなり》が落ちてびっくりしたこと、すき焼きをお腹《なか》いっぱい食べたこと。

「お肉を生卵《なまたまご》につけて食べるとすっごくおいしいんだよ」

「えっ？　生卵《なまたまご》？」

「うんうん。ね、知らなかったでしょ？　今度うちでもやってみよ？」ヒロはちょっと得《とく》意気《いげ》だ。

知らなかったわけではなく、ヒロには生卵《なまたまご》のアレルギーがあるからやらなかったのだ。半熟卵《はんじゅくたまご》を食べても平気になったのはつい最近のことだったのに。

「じんましん、でなかったの？」

「え？　じんましん？　でないよ」なに言ってんの？　と不服そうに答えてから「母さんは？」と聞いてきた。

「まだ帰ってない。二時前には帰るんじゃないかな」

「そしたら」と、伝言を頼《たの》まれた。あしたから修二叔父《しゅうじおじ》さんの家に佑くんと和磨くんと三人で泊《と》まりに行くこと、三十一日には帰るということ。

「修二叔父《おじ》さんちには、猫《ねこ》三匹《びき》と犬が二頭いるんだって。犬の散歩させてもらうんだ」ヒロの声ははずんでいる。修二叔父《おじ》さんは父さんの弟だけれど、私《わたし》は顔も思い出せない。

三十一日って、夏休みじゅうそっちにいる気？　と、責《せ》める口調で言いそうになるのを抑《おさ》える。その代わりに宿題は？　と、聞こうとしたら「宿題終わらせたし、絵日記もちゃんと書いてるし」と先に言われた。

「自由研究は？」

「だいじょぶ。石の研究したから。河原《かわら》で拾った石で」

石の研究……。どういうものなのかまったく想像《そうぞう》がつかなくて黙《だま》っていると、「帰ったら見せてあげるからね」とやさしい声で言われた。留守番《るすばん》をしている子どもに言い聞かせるような口調だった。

電話を切ると全身の力が抜《ぬ》けていくように感じて、畳《たたみ》にごろんと横になる。泣きたいような気がして「冷蔵庫《れいぞうこ》、冷蔵庫《れいぞうこ》」と唱える。頭に浮《う》かんだのは卵《たまご》。すき焼きの生卵《なまたまご》。献立《こんだて》を考えて気をまぎらわしたいのに、違《ちが》うところに思考が飛ぶ。蚊帳《かや》、森、川、石の研究……。丸まって、耳をふさいでぎゅっと目をとじる。なにも考えたくなかった。

寒いと感じて目を開ける。部屋の温度は二十八度。寒い室温ではないけれど、ノースリーブから出た肩《かた》が冷たくなっていた。エアコンを切って時計を見る。もうすぐ二時半。三時間近く寝《ね》てしまっていたのに、頭はぼんやりしてまだ眠《ねむ》り足《た》りなかった。

母さん遅《おそ》いな。また人がいなくて残業になってるのかもしれない。母さんの働いている介護施設《かいごしせつ》は万年人手不足で、どうみても負担《ふたん》が大きすぎる。働き手はちっとも増《ふ》えないし、入居者《にゅうきょしゃ》の介護《かいご》は日々必要で、休みの日に電話で呼《よ》び出《だ》されることもしょっちゅうだ。過酷《かこく》さに耐《た》えられなくて、正社員で入った人もすぐやめてしまうらしい。

「給料だけでもあげてくれれば人も集まるんだろうけど。ほんと困《こま》っちゃう」と言いながら母さんはおどけた顔をしてみせる。「やりがいはあるし、頑張《がんば》れるうちは頑張《がんば》る」と疲《つか》れた顔は見せないけれど、帰ったらベッドに直行で、家にいるほとんどの時間は寝《ね》ている。

そうだ、冷凍《れいとう》のおにぎりがもうなかったんだ。

雑穀米《ざっこくまい》の小さいおにぎりは、常《つね》に冷凍庫《れいとうこ》に保存《ほぞん》しておく。私《わたし》とヒロの朝ごはんの定番だし、母さんはお弁当《べんとう》にする。母さんは明日は休みのはずだけど、また急に職場《しょくば》から呼《よ》び出《だ》しがかかるかもしれないから、おにぎりは作っておかなきゃならない。

三合分のお米を研《と》いでいると、お腹《なか》がすいていたことを思い出す。お昼も食べていなかった。どうせだから炊《た》き上《あ》がりを待って、雑穀米《ざっこくまい》を昼ごはんにしよう。

雑穀米《ざっこくまい》を混《ま》ぜて炊飯器《すいはんき》のスイッチを押《お》すと、母さんが帰ってきた。

母さんがシャンプーした髪《かみ》を乾《かわ》かし終《お》えるのと、ごはんが炊《た》き上《あ》がるのはほとんど同時だった。

「あーおいしそう」母さんが炊飯器《すいはんき》をのぞきこむ。ふわっとシャンプーの香りがした。

「食べる？」

「ううん、お腹《なか》いっぱい。おむすび作るの？」母さんはいつのころからかおにぎりをおむすびと言うようになった。なんでかなと思ったことはあるけど、聞いたことはない。

「よっしゃ、たまにはやるか」母さんは隣《となり》に立って、ごはんを小さいボウルによそう。こんなふうに母さんと並《なら》んで台所に立つなんて……私《わたし》はうきうきしてしまう。

「よく平気だね。熱くないの？」

母さんは、ごはんをラップにひろげたまま聞く。私《わたし》は三つめのおにぎりを握《にぎ》り始《はじ》めていた。

「布巾《ふきん》使う？」

「あーなるほど」母さんは大袈裟《おおげさ》に感心して布巾《ふきん》を手にとり、その上にラップのごはんをのせる。

「お、いけるいける。いいねえ」

そんなにぎゅうぎゅう握《にぎ》ったらお米がつぶれちゃうと思ったけれど、楽しそうだったので黙《だま》っていた。ぎゅうぎゅうおむすびは私《わたし》が食べればいいのだし。

私《わたし》のおにぎりの横におむすびを置いた母さんが小さく叫《さけ》ぶ。「デカ！」確《たし》かに二回りほど大きくて重そうだった。

「おかしいな、小さく作ったつもりだったのに」母さんは片方《かたほう》の眉《まゆ》をあげて口をとがらせた。おかしな顔に吹《ふ》きだしながら「大丈夫《だいじょうぶ》だよ」と言ったのに、母さんはラップをはずしておむすびの頭をちぎった。

「ダメダメ、これは小さいとこがいいのよ。パクッと一口で食べられないとね」

「一口？　二口でしょ」

「一口でいけるって。ごはん休憩《きゅうけい》が取れないときなんか、立ったままパクリ。ときどき仲間におすそわけするんだけど、みんな喜《よろこ》ぶよ」母さんはちぎったおむすびの頭をぽいっと口に入れる。「あ、あったかいのもおいしいね」

残りをむすびなおすのかと思ったら、二つに割《わ》って一つをまた口に入れ、もう一つを私《わたし》の口許《くちもと》に差し出した。私《わたし》は素直《すなお》にパクリと食べる。お米がぎゅうぎゅうで噛《か》み応《ごた》えがあったけれど、おいしかった。私《わたし》と母さんは、秘密《ひみつ》を作ったときみたいに目をあわせてくふふと笑った。

「唯のえくぼって、かわいいよね。今さらだけど」母さんが、日の下を指しながら言う。目の下がぺこっとひっこむのは私《わたし》で、母さんは両頬《りょうほお》にぽっこりと丸いえくぼができる。

「えくぼは人類が平和と幸せを求めて進化した結果なんだって。美羽が言ってたよ」

「えー、そんな立派《りっぱ》なもんなの？　母さんが知ってるのは、かわいい赤ちゃんに神様が指でつんつんしたっていう話」

「それもかなり立派《りっぱ》だと思う」

「ほんとは靭帯《じんたい》とつながってる皮膚《ひふ》のひきつれなんだけどね」

「わあ、夢《ゆめ》がない」

ゆっくりとていねいにおにぎりを握《にぎ》る。もう少しおにぎり作りをしていたかったけれど、やっぱりもう最後のごはんになってしまった。母さんは、すでに流しで手を洗《あら》っていた。

「いつもありがとね」母さんがさらっと言った。

「おにぎりのこと？　私《わたし》もヒロも食べるし」

「だけじゃなくて、家のこと唯に頼《たよ》ってるからさ」

「……私《わたし》、役に立ってるの？」

「あったり前じゃない」母さんがバシンと背中《せなか》をたたいた。

「痛《いた》いよ」痛《いた》くないのに言ってみる。

「けど無理しないで。ほんとに」

「母さんこそ」心配なのは働きすぎの母さんのほうだ。

母さんは「ほいほい」とおかしな返事をしてから、「じゃおやすみ」と、部屋に入っていった。

もう少し楽な職場《しょくば》に移《うつ》ってほしいとか、そのために協力できることはないのかとか、思うことはあるけれど口に出したことはない。前に母さんが「忙《いそが》しいほうが気持ちが楽なのよ」と言ったことがある。どういう意味なのかずっと考えているけれどわからない。

おむすびを手のひらにのせて眺《なが》める。母さんが握《にぎ》ったものは、やっぱり少し大きくて重い。

「おむすび、だもんね」だからきっとこれでいいのだと、くすっとする。

残り野菜を使ってお味噌汁《みそしる》も作ろうかな。ほうれん草《そう》と玉ねぎとキャベツに冷凍《れいとう》してあるエノキ。ついでにハムも入れて具だくさんのお味噌汁《みそしる》と、おむすびの夕ごはん。なんだか楽しくなってきた。

ごはんを食べると、元気になる。体の真ん中から力がわいてくる気がする。単純《たんじゅん》だなと自分を笑いたくなるけど、すごいことだとも思う。母さんは部屋で眠《ねむ》っているから起きているのは私《わたし》一人だけれど、家の中に誰《だれ》かいるだけでほっとするのもすごいことだ。

ヒロは今夜は何を食べたのかな。佑くんや和磨くんと楽しそうにごはんを食べている様子が目に浮《う》かぶ。きっとふだんよりたくさん食べているにちがいない。ふっと笑《え》みがこぼれた自分に気づいてほっとした。

録画した番組を見ようかなと思ったけれど、思いついてキャビネットの二段目《だんめ》の引き出しをあけた。いくつかあるクリアファイルをとりだす。『月と子猫《こねこ》』の話が入ったファイルは、すぐに見つかった。

【月と子猫《こねこ》】

月のきれいな夜でした。

子猫《こねこ》はひとりぼっちで目をさましました。いつもの縁《えん》の下《した》ではありません。あたりは暗く、段《だん》ボール箱《ばこ》の匂《にお》いがしました。おかあさん猫《ねこ》ときょうだい猫《ねこ》はどこにいるのでしょう。

大声で鳴いてみましたが、答える声はありません。しんとしずまりかえったままです。子猫《こねこ》は段《だん》ボール箱《ばこ》のふたを頭で押《お》し開《ひら》き、はい出しました。土と草の匂《にお》いがします。背《せ》の高い葉っぱがざわざわと風に揺《ゆ》れています。

子猫《こねこ》は、公園のすみにすてられたのでした。

——帰らなきゃ。

子猫《こねこ》は、走り出しました。道路のむこうに庭のある家やアパートが並《なら》んでいます。あの家々のどこかに、おかあさん猫《ねこ》ときょうだい猫《ねこ》がいる家があるはずでした。

けれども、建物は見知らぬものばかり。匂《にお》いにも覚えがありません。

子猫《こねこ》は、ブロック塀《べい》によじのぼりました。高いところにのぼれば、なにかわかるかもしれないと思ったのです。

塀《へい》にのぼるのは初めてでしたけれど、あんがいかんたんにのぼることができました。あたりはさっきよりもよく見えましたが、まだだめです。今度は倉庫の雨どいに飛びつきました。前足だけでしがみついて、ぐいっと体をもちあげたときに雨どいがベコンと折れそうな音を立てたのでひやりとしましたが、うまくいきました。そのあとは軽々と屋根へ。

屋根から見た景色は初めて見るものでした。

――遠くに来てしまったんだ。

と子猫《こねこ》は思いました。

――もう帰れない。

おかあさん猫《ねこ》のお乳《ちち》をのむことはもうできない。みんなで体をよせあって眠《ねむ》ることも、きょうだい猫《ねこ》とじゃれあうことも、もうできない。

子猫《こねこ》は走り出しました。屋根を飛《と》び降《お》り、石垣《いしがき》を飛《と》び降《お》り、またちがう家の屋根に飛びのり……。

どこをどう走ったのかわかりません。気がつくと、どこかの家のコンクリートのひらたい屋根にいました。下にはお風呂場《ふろば》があるのでしょうか。ぽかぽかとあったかでしたが、子猫《こねこ》はぶるぶるとふるえていました。これからどうしたらいいのか、こわくてこわくてしかたなかったのです。

空を見上げると、まん丸のお月さまが白い光をなげかけていました。

「お月さま」子猫《こねこ》はお月さまに話しかけます。

「ぼく、ひとりぼっちなんだ」

月はなにも答えてくれません。

「どうしたらいいの？」

子猫《こねこ》の目からぽろんと涙《なみだ》がこぼれました。ぽろんぽろんぽろん。すると、ぱちぱちと足元で音がします。

「？」

何かがコンクリートの屋根に落ちてはずんでいます。それは、ビー玉でした。子猫《こねこ》の目からこぼれ落ちた涙《なみだ》が、透明《とうめい》なガラスの玉になってはじけているのです。

ふりかえると、ビー玉はあちこちに散らばっていました。大きなものも小さなものもあります。青、赤、黄色、緑、オレンジ。色とりどりのビー玉が、月の光を浴びてきらきらと光りながらころころと転がってきます。

子猫《こねこ》はビー玉を追いかけ始めました。追いかけてつかまえてでんぐりがえしをして、あそびます。ビー玉は、子猫《こねこ》がつかまえるとぱっと色鮮《いろあざ》やかに飛び散ってすぐに溶《と》けてしまいますが、次から次へと転がってくるので、大忙《おおいそが》しです。

最後の一つがとけてしまうと、子猫《こねこ》はぐうんとのびをしました。

――ぼくって、すごいぞ。

と子猫《こねこ》は自分に感心しました。

すごく速く長く走ることができた。こんなに高いところにもひとりでのぼった。あんなにたくさんのビー玉も全部つかまえた。

空を見上げると、さっきより少しだけ遠くなった月が、やっぱり白く輝《かがや》いていました。

お月さまは、ちゃんと見ていてくれた。

子猫《こねこ》は、ゆっくりとていねいに体をなめはじめました。体が少し大きくなったような気がします。力もついたような気がします。最後にもう一度顔をあらってから、前足をそろえてぴしっと座《すわ》りました。

それから子猫《こねこ》は、すっくと立ちあがって歩き出しました。食べ物を探《さが》しに行ったのです。

もうひとりぼっちでふるえている子猫《こねこ》ではありません。たくましく生きていこうとする小さな一匹《ぴき》の猫《ねこ》でした。

月が静かに子猫《こねこ》の行く道を照らしていました。

おしまい

お話を作るちょっと前まで、ヒロはビー玉でよく遊んでいた。一つひとつきれいにみがいてテーブルにならべていつまでも眺《なが》めていたり、ベランダに持っていって日の光にあてたり、ビー玉に景色がさかさまに映《うつ》るのを楽しんだりしていた。ミニトマトが入っていたトールサイズのプラパックいっぱいに持っていたのだけれど、お話を作ったときにはもうなかった。仲良しだったレオンくんが引《ひ》っ越《こ》すときに記念にあげたと聞いてちょっとびっくりした。あとになってほんとはレオンくんと一緒《いっしょ》に埋《う》めたと知ってまたびっくり。どうして埋《う》めたのか、どこに埋《う》めたのかは「忘《わす》れた」の一点張《いってんば》りだった。考えてみると、ヒロは日々変化していたのだなあと思う。成長と呼《よ》ぶのかもしれない。

思い出した。私《わたし》の考えたお話は、子猫《こねこ》の涙《なみだ》で足元に水たまりができ、そこに飛びこんで溶《と》けてしまうというものだった。けれど、ヒロが猛反対《もうはんたい》をしたのだ。

「死なせたらダメ！」「死ぬんじゃないよ、溶《と》けていくんだよ」

「ダメ！　絶対《ぜったい》ダメ！　ちゃんと自分で生きてく話じゃなきゃダメ！」

あのときの必死なヒロの顔は、迫力《はくりょく》があってびっくりしたんだっけ。

ちゃんと自分の足で歩き出す子猫《こねこ》の姿《すがた》にヒロが重なる。

がんばれ、子猫《こねこ》！

落書き帳に、子猫《こねこ》の絵を描《か》いてみる。黒猫《くろねこ》かな。白猫《しろねこ》もいいな。ああ、白にちょこっと模様《もよう》がある猫《ねこ》がいいかな。考えながら、次々と猫《ねこ》を線で描《か》いていく。走っている猫《ねこ》、遊んでいる猫《ねこ》、でんぐり返しをしている猫《ねこ》、顔を洗《あら》っている猫《ねこ》、尾《お》っぽを立てて歩く猫《ねこ》。これで小さい絵本を作ったら楽しいかもしれない。

「唯？　まだ起きてたの」トイレに起きたらしい母さんが部屋をのぞいて言った。

「え？」あっというまに十二時近くになっていた。

「あ、うん、もう寝《ね》る」「うーん、そうしな。おやすみ」

その前に、お風呂《ふろ》入らなくっちゃ。急いでテーブルの上を片《かた》づけて立ち上がる。明日は一日絵本作りだ。

5

母さんが大きなキャベツとトウモロコシをもらってきた。母さんはしょっちゅういろんなものをもらってくる。職場《しょくば》の同僚《どうりょう》の実家からとか、施設《しせつ》の入居者《にゅうきょしゃ》の家族からとか、ときどきランチする友だちからとか。お菓子《かし》や果物や野菜や缶詰《かんづめ》はもちろん、圧力鍋《あつりょくなべ》やブレンダーやスライサーもいただきものだ。

キャベツはこの時期高いからたすかるけれど、きのう買ったばかりだったので、一つは使い切ることにする。三分の二をスライサーで千切りにして少量のコールスローサラダ用に少しとりわけて、あとは全部甘酢《あまず》漬《づ》けに。サラダは私《わたし》と母さんの夕飯用。甘酢《あまず》漬《づ》けは保《ほ》存用《ぞんよう》。すぐじゃなくてもいつかのために作る。母さんとヒロのいつかの笑顔《えがお》を頭に浮《う》かべて作る。

残りはキャベツスープだ。トウモロコシとキャベツの芯《しん》でとった野菜出汁《だし》をベースにコンソメと鶏《とり》がらでコトコト煮《に》る。余《あま》ったら次の日はホールトマトを入れてトマト味。カレー味でもいいかもしれない。

考えるだけで、くすくす笑いがわきあがってくるみたいな気分。やっぱり料理って楽しい。楽しいと思えることがうれしい。

キャベツの甘酢漬《あまずづ》けを瓶《びん》につめて、冷めるのを待つ。ザワークラウトに挑戦《ちょうせん》してもよかったかも。まだ作ったことがないけれど、発酵《はっこう》食品だからお腹《なか》に良《い》いというし。

作りたてのキャベツは薄《うす》い黄緑色がきれいだ。だんだん黄色くなるけれど、それはそれでかわいらしい。野菜ってきれいだなと思う。ニンジンのオレンジ、ゆでたてのほうれん草の緑やトウモロコシの黄色、大根の白、赤しそに酢《す》を入れたときのぱあっとした赤《あか》紫《むらさき》。そういえば、玉ねぎの皮で染《そ》め物《もの》をするのをテレビで見た。きれいな黄色だったな。黄色のグラデーションでスカーフを作ったらすてきだろうな。ヒロの自由研究にもいいかもしれないと思いついて、すぐに首をふる。ヒロは、自分で自由研究を終わらせたのだった。

「たくましく生きていこうとする小さな一匹《ぴき》の猫《ねこ》でした」か。

わかってる。もう私《わたし》のあとばかりついてまわるヒロじゃない。それより、お話絵本をしあげなくっちゃ。

百均《ひゃっきん》で買った絵本が作れるノートがなかなかしっかりした紙だったので、試作用と失敗したときのために三冊《さつ》買った。一冊《さつ》は鉛筆《えんぴつ》で書いてみたけれど、文章の書《か》き間違《まちが》いが多くて何度も消しゴムをつかった。本番は油性《ゆせい》ペンで書くつもりだから、別紙に書いて貼《は》り付《つ》けることにした。和紙のような風合いでインクがのるような紙があったらいいのにな。

お金もないから今は買えないけれど、紙屋さんって近くにあるのかな。そのうち新宿《しんじゅく》の画材屋さんに行ってみようか。紙専門店《かみせんもんてん》も探《さが》してみようかな。和紙専門店《せんもんてん》とか。

色とりどりの紙が頭の中にぱあっとひろがる。見るだけでも何時間もかかってしまうぐらいのいろんな種類の紙があるんだろうな。

「あ」自分にも行きたいところがあると気がついてうれしくなる。美羽に報告《ほうこく》しなきゃ。

わくわくする自分はちょっといい。いつもこんな感じならいいのに。すぐに落《お》ち込《こ》んでうじうじしてしまって、息をするのが苦しくなって酸素《さんそ》不足の金魚みたいにぱくぱくしてしまうのは、どうにかしたい。大人になれば、克服《こくふく》できるんだろうか。母さんはいつも安定していて、楽に息をしているように見える。見えるけれど。どうなんだろう。ぼんやりとノートを見つめる。ふとどこからか聖歌《せいか》が聞こえた気がして、はっと我《われ》にかえる。

そうだ、カラーコピー用紙があった。今回はそこに文字を入れよう。仕上がったら、まずヒロに。そのあとは母さんに見せる。

母さんに、物語を考えたのはヒロだと教えたら大袈裟《おおげさ》に感心して、「ヒロは将来《しょうらい》作家になったら？」なんて言うんだろうな。母さんはなんでも職業《しょくぎょう》や資格《しかく》に結び付けたがるのだ。私《わたし》もこれまでにいろいろ言われた。イラストレーター、料理研究家、栄養士《えいようし》、美容《びよう》師《し》、ガーデナー、野菜ソムリエ……。母さんは思いつきで言うだけだけど、私《わたし》はそのたびに想像《そうぞう》する。もしもイラストレーターになるのならとか、美容師《びようし》になるのなら……どんな勉強をしたらいいのか、必要な道具を考えたり、その職業《しょくぎょう》につけたあとの生活をイメージしたり。私《わたし》にとってそれはリアルではなく、ユニコーンや空飛ぶ猫《ねこ》を想像《そうぞう》するのと同じようにファンタジーなのだけど。

絵本がうまくできたら、美羽にも見てもらおう。あと少しで二学期だけど、その前に会いたいな。思い切って電話してみようかな。

まだ試作品もできていないのに、もう仕上がった気分になってそのあとのことで考えがいっぱいになっている自分に気がついて、苦笑《くしょう》する。

「まずは仕上げてみなくっちゃ、ね？」と父さんの写真に言ってみる。父さんのいつもの笑顔《えがお》を見て、写真立てのガラスが少し汚《よご》れていることに気づいた。布巾《ふきん》で軽く拭《ふ》いたら、拭《ふ》き跡《あと》がついてしまい、ガラスをはずしてちゃんと拭《ふ》くことにする。うしろの板をはずすと、あて紙なのか何も書いていない葉書が入っていた。古いものらしく端《はし》のほうが少し焼けている。裏《うら》を見て、ドキリとする。

この絵は……。

一瞬《いっしゅん》息がとまりそうになる。

ドキドキして、絵葉書を持つ手が震《ふる》えた。

ふわあっと世界をつつみこんでいるあたたかい青緑の空間。

これはあの永遠《えいえん》の庭。繰《く》り返《かえ》し夢《ゆめ》に見る、あの永遠《えいえん》の庭だ。

絵葉書を胸《むね》に押《お》しつけて目を閉じ、大きく深呼吸《しんこきゅう》をする。少し落ち着いてきた。

もう一度ゆっくりと絵を眺《なが》める。

絵の中に流れている空気も風も光も匂《にお》いも。

本当にそっくりだ。

この前の夢と違《ちが》うのは、犬とたくさんの鶏《にわとり》と子どもたち。そして母親らしき女の人がいることだ。ふっくらとした女の人は、少し母さんに似《に》ている。

ピエール・ボナール《大《おお》きな庭《にわ》》

ボナールの名前は知っている。魅力的《みりょくてき》な白い猫《ねこ》の絵を描《か》く人だ。この絵もどこかで見たのだろうか。それともこの絵葉書を見たことがあったのだろうか。

とにもかくにも。大きな謎《なぞ》がとけてしまった。

どうしよう。

うれしいような困《こま》ったような不思議な気持ちだった。

写真立てをきれいにしてから、絵葉書をもとに戻《もど》すべきかどうか迷《まよ》ったけれど、この絵葉書のことを母さんに聞いてから戻《もど》すことにした。

それにしても、すてきな絵だ。描《か》かれていないずっと遠くの景色まで見えるようだし、子どもたちのおしゃべりが聞こえてきそうだ。

絵葉書に見とれていると、遠慮《えんりょ》がちに玄関《げんかん》のドアをたたく音がした。小さな音で、三三七拍子《びょうし》のリズムを刻《きざ》んでいる。

「よ」サッチだった。

「元気か？」なぜか小声だ。

あごで部屋の奥《おく》を示《しめ》しながら「寝《ね》てんだろ？」と言う。

「え、母さん？」母さんが寝《ね》ていたらと気遣《きづか》ってくれたのかとちょっと驚《おどろ》く。サッチは案外細やかなのかも。

「仕事行ってる。早番だから、帰るのは夕方」

「お、そうか」サッチはどういうわけか玄関《げんかん》チャイムを何度も押《お》した。あの、うるさいんですけど。

「大変だよな、ナースも」

サッチはいつもどおりの大声になる。さっきの小声のほうが良かったのにと思ったけれど、仕方ない。

「あの。看護師《かんごし》じゃなくて、介護士《かいごし》なの」

「へえ。ま、どっちにしろ人助けか。すげえな」

サッチが感心した声をだしたので、私《わたし》はちょっとうれしくなる。

「なに、それ」

「え、あ、これ？」手に持った絵葉書を示《しめ》すと、ぱっと取られた。

「きれいな絵じゃん」サッチは、絵葉書を返しながら言う。「色もきれいだし、空気まで良さそうだな」

そうなのそうなのと、身をのりだしてしまう。

「幸せな気分になるな」

「何度も見る夢《ゆめ》があってね、」口からほろほろ言葉が出てきた。

「それがどこだかわからなかったんだけど、この絵の庭だったの」

「正夢《まさゆめ》、か」

正夢《まさゆめ》というのとはちょっとちがうような……。

「そういうのってあるよな」

サッチは生真面目《きまじめ》な顔でつぶやくと絵葉書を返し、私《わたし》に背《せ》をむけドカッと上《あ》がり框《がまち》に座《すわ》った。レジ袋《ぶくろ》からチューブ型《がた》アイスを出し、二本一組のアイスをポキッと割《わ》って「ほれ」と一本差し出した。私《わたし》は床《ゆか》に正座《せいざ》してうけとる。

「ありがと」なんだか懐《なつ》かしい。昔はヒロとよく食べた。今はアイスといえば、家で作る百パーセントジュースを凍《こお》らせたものか、家の氷で作るかき氷だけど。

ひさしぶりに食べたチョココーヒー味のアイスは、おいしかった。家のアイスは食べ物で、これは楽しい遊びのおいしさのような気がした。自由の味かもしれない。

サッチの視線《しせん》に気づいて目を向けると、サッチは「ま、よかったよ、案外元気そうで」

と言った。

「で。唯ちゃんが下ばっか見て歩ってんのって、ヒロ坊《ぼう》が転ばないようにだろ」

どうだ！　という顔で私《わたし》を見る。こういうのドヤ顔っていうんだろうけど、その顔をする理由がわからない。なにが、どうだ！　なの？

わからないまま私《わたし》は質問《しつもん》に答える。

「そういうことだけじゃないけど」ないけど、そういう側面は大きい。ヒロは保育園《ほいくえん》のころしょっちゅう転んでいたから、道に石や割《わ》れたガラスなんかが落ちていないか気になる。

「わかってるって」サッチがにやっと笑う。何をどうわかってるのか。そもそも、どうして急にそんなこと言いだすんだろう。サッチの思考回路はやっぱり謎《なぞ》だ。

「ヒロ坊《ぼう》、栃木だって？」サッチは、アイスのチューブをぐいぐいもんで中身を出して食べながら言う。

「うん。あ、美羽に聞いたの？」

「ほんとに行ったんだな。結構《けっこう》やるじゃん」

「え？　ほんとにって、どういうこと？」

「なんかぐずぐず悩《なや》んでたから、栃木ぐらい一人で行けよって言ってやったんだけどさ、内心無理かもって思ってたんだよな、ほらあいつビビリじゃん？」

ショックだった。ローラースケートでぐるんとひっくりかえって天地が逆《ぎゃく》になったときみたいだ。

ヒロは栃木行きをサッチに相談してたの？　そしてサッチはヒロをけしかけたの？　知らなかった。全然知らなかった。

「ヒロは。ヒロは、弱虫じゃないよ」やっとそれだけを言い返す。情《なさ》けない声になってしまった。ほんとはそんなことを言いたいわけではないのに。

「ま、ビビリは返上だな」サッチはウヒヒと変な笑いかたをした。「案外アフリカ行きも本気かもな」

「アフリカ？」

「ほら、ヒロ坊《ぼう》の将来《しょうらい》の夢《ゆめ》。自然公園だかなんだかの動物保護系《ほごけい》で働きたいんだろ？」

アフリカの自然保護区《ほごく》のことだろうか。どういうことだろう。ヒロの夢《ゆめ》は動物園の飼育《しいく》係《がかり》か獣医《じゅうい》さんだったはず。アフリカとか動物保護《ほご》とか、そんなの聞いていない。いつから変わったんだろう。いつから……。

「夏休みじゅう行ってんだってな。電話で言ってた」

電話……。サッチに電話したんだ。

アイスを持つ手が冷たい。

「さみしいだろうけどさ、いいかげん解放《かいほう》してやんないとな」

さみしい？　解放《かいほう》？　誰《だれ》のこと？

サッチは上を向いてアイスの最後をチューチュー吸《す》いながら言葉を続ける。

「世話してるほうはその子のためとかがんばってるつもりだろうけどさ、されるほうには重いっつうかさ。ま、いつまでも赤《あか》ちゃん扱《あつか》いするなってことだよ」

重い？　赤《あか》ちゃん扱《あつか》い？　ヒロがそう言ったの？

サッチの言葉が頭の中でぐるぐるまわる。

「世話して喜《よろこ》んでんのは自分だけじゃん？　こんなにやってあげる自分ってすてき、みたいなさ。つき合わされるほうは迷惑《めいわく》だよな」

はああっっ？

思わず立ち上がってしまう。かあっと体があつくなる。

「そ、それって。それってヒロと私《わたし》のこと？」

サッチが空っぽのプラチューブをくわえたままふりむいた。私《わたし》の顔を見て、チューブに空気を入れてふくらませる。ペコっと間の抜《ぬ》けた音がした。血が上って顔が赤くなるのが自分でわかった。感情《かんじょう》がふきあげて涙《なみだ》が出そうだ。

「ヒロが迷惑《めいわく》だって言ってたってこと？」声が震《ふる》えているのが自分でもわかる。

「おねえちゃんにはもっと自分のことやってほしいってさ。ま、自分の人生ちゃんと生きろってことだろな」

サッチはプラチューブをまたペコペコさせた。

この人は！　私《わたし》は生まれて初めて人を殴《なぐ》りたいと思った。

「そ、そういうのはヒロと私《わたし》の問題だし、そんなの私《わたし》だってとっくにわかってることだよ。私《わたし》はさみしくないし、しばってるつもりもないし、その子のためっていうのはやってるほうの思いあがりだってわかってるし」声の震《ふる》えを隠《かく》そうとしてどんどん大声になっていく。

「だけど押《お》しつけてるわけじゃないし、それでもしヒロがそう感じてるんなら、迷惑《めいわく》だって思ってるんなら、反省するし、それでもヒロと私《わたし》の問題でサッチには関係ないし、サッチに言われたくない！」

最後はほとんど叫《さけ》んでいた。それでも言い足りなくて、今度は意識《いしき》してどなりつける。

「人の心に土足で入ってこないで！」

声が裏返《うらがえ》っていた。運動したわけでもないのに、息があがってぜいぜいする。息をのみこんでキッとサッチをにらんだら、ぐぐっと涙《なみだ》がせりあがってあふれた。メガネをずりあげて握《にぎ》り拳《こぶし》の手《て》の甲《こう》で涙《なみだ》をふく。涙《なみだ》を見せたのがくやしくて恥《は》ずかしくて、だけど涙《なみだ》はとまらない。サッチなんて嫌《きら》いだ。大《だい》っ嫌《きら》いだ。

「な、なんにも知らないくせに。く、車にひかれそうになったこととか、アトピーでぐるぐる巻《ま》きだったこととか。赤《あか》ちゃん扱《あつか》いなんてしてないし、私《わたし》だって絵本作ってるし、下を見て歩いてても誰《だれ》にも迷惑《めいわく》かけてないし、靴《くつ》拾ってキュウリもらったりしたし」

自分でも何を言っているのかわからなくなった。ひっくひっくと横隔膜《おうかくまく》が痙攣《けいれん》する。これじゃ泣きじゃくりながら駄々《だだ》をこねる子どもだ。両腕《りょううで》で口を押《お》さえる。

サッチはだまっていた。どこからか、トンテンカンと釘《くぎ》を打つ音が聞こえる。

「いい風がはいるな、ここ」サッチは、気持ちよさそうにぐうんとのびをした。

信じられない！　私《わたし》はふりしぼるようにして声を出す。「帰って」

サッチは、立ち上がると「キュウリはやっぱ、赤みそだな」と言った。「ほんじゃな」

サッチは玄関《げんかん》を出て、勢《いきお》いよくドアを閉《し》めた。合板の扉《とびら》が派手《はで》な音をたてる。

ドアをにらみながら内鍵《うちかぎ》をかけようとすると、ドアが開いてサッチが顔をのぞかせた。

「思い出した、『泣《な》いた赤鬼《あかおに》』だ」

はあああっ⁉　なにそれ！

サッチがまたドアを勢《いきお》いよく閉《し》めたので、ドアが顔にぶつかりそうになる。

んっ、もうっ！　なんなのあの人！　信じらんない！　大嫌《だいきら》い‼　サイテーッ!!!!!

拳《こぶし》で腿《もも》をたたくと、ぐしゃっと音がした。はっとして見ると、左手でアイスのチューブを握《にぎ》ったままだった。手もスカートもべたべたになっている。

流しにアイスを投《な》げ捨《す》て、ガシガシと手を洗《あら》い、布巾《ふきん》でスカートも拭《ふ》く。こんなもの、もらわなければよかった。夢《ゆめ》の話もしなきゃよかった。私《わたし》はばかだ。あんな大切なことをぺらぺらとあんな人に。

ふと顔をあげて、ぎょっとする。横の壁《かべ》の鏡に自分の顔が映《うつ》っていた。鬼《おに》みたいな顔だった。泣いた赤鬼《あかおに》なんて言ったら赤鬼《あかおに》に申《もう》し訳《わけ》ないほど、ひどい顔だ。

濡《ぬ》れた手のまま頬《ほお》を押《お》さえる。やだやだやだ、こんな顔。ぐりぐりと頬《ほお》をもんで、いったん目をぎゅっとつぶってからもう一度鏡を見ると、なんとかいつもの顔にもどっていた。ああ、だけどやっぱり私《わたし》はあんな顔するんだなと、自分にがっかりした。

玉ねぎを刻《きざ》む。目に涙《なみだ》をにじませながら細かく刻《きざ》む。余計《よけい》なことはなにも考えず、玉ねぎに集中しながら刻《きざ》む。

フライパンに油をひいて、じっくり炒《いた》める。くもったメガネをはずして、ひたすら炒《いた》める。玉ねぎが飴色《あめいろ》になっても炒《いた》め続《つづ》ける。頭が空っぽになって透明《とうめい》になっていく。

ミキサーにかけたニンジンと冷凍庫《れいとうこ》の手羽中を入れて煮込《にこ》む。ぐつぐつ煮込《にこ》む。魔女《まじょ》になった気分でゆっくりと木べらでかきまわす。

カレールーを入れるころには頭も心も軽くなっていた。

母さんが言っていた「忙《いそが》しいほうが気持ちが楽」っていうのはこんなふうなことなのかな。

お鍋《なべ》を二つに分けて半分は中辛《ちゅうから》、半分は甘口《あまくち》ルーを入れる。甘口《あまくち》はあとでヒロと食べるための冷凍用《れいとうよう》だ。私《わたし》は甘口《あまくち》にカイエンヌペッパーを加えたものも好きだからどっちでもいいけど、母さんの好みは中辛《ちゅうから》で、さらにカイエンヌペッパーを入れることもある。

もうすぐ母さんが帰ってくる。ひさしぶりの一緒《いっしょ》の夕飯だ。

あとは、グリーンサラダとお味噌汁《みそしる》。うちでは昔からカレーにはお味噌汁《みそしる》をつけているけど、美羽に言ったら「はじめて聞いた」とびっくりしていた。

フリーザーバッグに甘口《あまくち》カレーを入れて、中辛《ちゅうから》のカレーを味見する。玉ねぎを大量に入れたせいで甘《あま》めになったけど、これはこれでなかなか良《い》いのでは？　とうれしくなる。ヒロもそのうち、中辛《ちゅうから》カレーを食べたがるようになるんだろうな。

しまった。カレーに入れるじゃがいもをむくのを忘《わす》れていた。チンしてから少しだけ一緒《いっしょ》に煮込《にこ》むのだ。じゃがいもを洗《あら》っていると、サッチが上《あ》がり框《がまち》に座《すわ》っていた姿《すがた》がよみがえってきた。

吹《ふ》き上《あ》げるような怒《いか》りはもうない。

というか……。そもそも、サッチはなにしに来たんだろう。案外元気そうじゃんって言ってたよね？　さみしいだろうけどとか言ってた、よね？

サッチは、弟とお母さんが出ていったあと、すごく荒《あ》れたと自分で言っていた。「なんもかんもどうでもよくなっちゃってさ。暗黒時代だったな」具体的には聞かなかったけれど、喧嘩《けんか》や恐喝《きょうかつ》で警察《けいさつ》のお世話にもなったらしい。

もしかして、一人でいる私《わたし》を心配した？　まさか。励《はげ》まそうとしたとか？　まさかまさか。

じゃがいもをむく手がとまる。

「あッ」

手がすべってしまった。親指にじんわりと血がにじんだ。

サッチをどなってしまったこと、美羽に電話で話してみよう。


母さんとカレーを食べながら、絵葉書のことを聞いてみる。

「父さんからもらったんだよ。懐《なつ》かしいな。はじめてのプレゼント」

「父さんが絵葉書？　意外」

「この絵が好きなんだって」

「へえ。私《わたし》も好き」

「この人が私《わたし》に似《に》ているらしい」

母さんは、絵の女の人を指しながら言った。

「この人、洗濯物《せんたくもの》とりこんでるとこじゃない？　でも父さんには違《ちが》って見えたらしいよ」

母さんは鼻にクシャッとしわをよせてから、

「『これは洋子さんが、お母ちゃんの車いすを押《お》してる姿《すがた》だ』って言《い》い張《は》ってた」と言った。

「この絵葉書、私《わたし》見たことある？」

「あーあるでしょ。前はこれ、写真立てに入れて飾《かざ》ってたから。玄関《げんかん》のとこに」

全然覚えていなかった。今玄関《げんかん》の写真は、赤ちゃんのヒロと私《わたし》の写真になっている。

「前は赤ちゃんのときの私《わたし》の写真じゃなかった？」

「そうそう、その前。考えたら、これ飾《かざ》ってたのは覚えてるわけないか」

そう、なんだ。覚えはないけれど、きっと記憶《きおく》の奥底《おくそこ》にあるにちがいない。本物の絵、見てみたいな。こんど美術展《びじゅってん》があったら絶対《ぜったい》に見に行こう。あ、私《わたし》、また行きたいところができた。

「さっきから思ってたんだけど、このカレーっていつもとちがうよね？」

母さんが食べ終わったお皿を見つめて言った。

「玉ねぎをいっぱい入れたの」

「すっごくおいしい。いつものも好きだけどね」

母さんがにこっと笑う。母さんのえくぼはきれいだなと、私《わたし》は思った。

6

うう……む。むむむ。どうしよう。

美羽からＦＡＸされてきた用紙を、上にむけたり近づけたりして眺《なが》めてみるけど、答えは出ない。

美羽とは、明日の夕方に二人で会う約束をしていた。サッチをどなってしまった件《けん》も、くわしいことは会ったときにすることになっていた。それなのにこれは。

ＴＯ　唯ちゃん
きのうは電話ありがとう。
ところで。
あした三十日（金）のことなんだけど。

サッチの家でお昼ごはん食べることにしない？

唯ちゃんの電話のあと、サッチから電話があったの。「金曜日三人で昼飯食おうぜ」って。「つもる話」があるらしい。

唯ちゃんと言い合いしたことを聞いたら、「ああ？　なんだそれ。そんなことより、戸棚《とだな》から、そうめん発掘《はっくつ》したんだよ。木の箱に入ったやつ。そうめん食い放題。めんつゆ買ってくんの忘《わす》れんな」だって。

どう？　あたしは行くよ。唯ちゃんも一緒《いっしょ》ならいいなと思うけど、NGだったら、夕方に二人で待ち合わせしよう。

FROM　美羽

P．S．　今夜は新月。あしたからはまた月が満ちてくるんだね。
すてきにゆかいな夏の終わりになりますように。


どうしたものかと、用紙を意味なく光にすかしてみたりする。

『長くつ下のピッピ』調に、すてきにゆかいな夏の終わりと言われても……。

サッチは、なんとも思っていないんだろうか。

美羽に電話してだいたいのことを話したら、「唯ちゃんがどなるなんて相当だね」と驚《おどろ》かれた。「うん。自分でも驚《おどろ》いた」

誰《だれ》かをどなったことなんてはじめてだった。あんな激《はげ》しさが自分の中にあるなんて。どう考えればいいのかまだよくわからない。

「サッチは、わざと人を怒《おこ》らせるような言い方して喜《よろこ》んでるとこあるからなあ。あした、ゆっくり聞くよ」

ちょっと話しただけなのに、私《わたし》は少しすっきりした気分になっていた。電話を切ってから、サッチに言われたことを思い返してみた。

ヒロを赤《あか》ちゃん扱《あつか》いというのは大袈裟《おおげさ》だけど、私《わたし》には確《たし》かにそんなところがある。自分が保護《ほご》しなければという目で見ていたし、自分が一番ヒロのことをわかっていると思《おも》い込《こ》んでいたのだと思う。あんなに頭にきたのは、自分の知らないヒロを他人が知っていたことでプライドが傷《きず》ついたからだ。なんてつまらないプライドだろうと、自分にあきれてしまう。

そして一番ショックだったのは、ヒロの「自分のことをやってほしい」という言葉だった。ヒロと私《わたし》は独立《どくりつ》した別の存在《そんざい》だと宣言《せんげん》されたのだと感じた。ヒロはきっと私《わたし》がヒロに寄《よ》りかかっていることをわかっていたのだと思う。私《わたし》に言わなかったのは、気をつかってのことだろう。そんな気をつかわせた自分が恥《は》ずかしかった。

頭ではわかっていたけれど、心では納得《なっとく》できなかったことを指摘《してき》されて、つまり痛《いた》いところを突《つ》かれたからって、サッチを悪く思うのは違《ちが》うと思う。少なくとも、私《わたし》のあんな言い方はとても失礼だった。ひどい言い方をしたことについては謝《あやま》らなくちゃ。私《わたし》は電話の前で腕組《うでぐ》みをしながらうなずいた。

ただそれには心の準備《じゅんび》が必要で、あしたは急すぎる。ましてや、そうめんなんて気分には……。第一、親戚《しんせき》以外のよその家で食事をしたことなんてこれまでにないし。ぐずぐず悩《なや》んでいたら、電話が鳴った。

「あのさー」名乗らずにいきなり話しだす。声が近い。

「美羽に言《い》い忘《わす》れてたんだけどさ」サッチ、だよね？　はじめて聞く電話の声にちょっと戸惑《とまど》う。

「薬味も買ってこいよ。ショウガとミョウガ」

「あ、あの」まだ金曜日どうするか決めてないことを言おうと思ったのに、「じゃよろしく」ブチッと切られてしまった。

これは……行くしかないってことだよね？　と、持ったままの受話器につぶやいた。

金曜日。待ち合わせのスーパーの前には、小さい子が集まっていた。金魚すくいとヨーヨー釣《つ》りが出ていた。屋台のような本格的《ほんかくてき》なものではなく大きめのたらいが二つ。片方《かたほう》のたらいにはおもちゃの金魚がぷかぷか浮《う》いていて、もう片方《かたほう》はヨーヨーがひしめいていた。金魚すくいは一回十円でヨーヨー釣《つ》りは一回三十円。値段《ねだん》のせいか金魚すくいのほうが人気があった。

「いいな、水風船」美羽の声で振《ふ》り返《かえ》る。

水風船――。すごくいい響《ひび》きだ。

「好きなんだよね」

「釣《つ》り、する？　失敗しても一つはもらえると思うの」

「うーん。やっぱ今日はやめとこ」「そうなの？　私《わたし》、待ってるよ？」

「やめ、やめ。サッチに取られて、ぶつけられそうだし」

美羽が水風船を投げる真似《まね》をする。サッチなら、たぶん、絶対《ぜったい》やりそうだ。お母さんに連れられた小さな子どもが、ヨーヨーをパシャパシャさせながら通りすぎる。

「水風船ってすてきな呼《よ》び名《な》だね」

「でしょ。でもほんとはゴムのついてないやつの名前だって説もある。それこそ投げて遊ぶんだって」

「でも私《わたし》、今度からヨーヨーじゃなくて水風船って呼《よ》ぶことにした」

「それよか、めんつゆって買ったことある?」美羽がスーパーのかごを取りながら聞いた。

「うん、結構《けっこう》使うから。親子丼《おやこどん》や揚《あ》げ出《だ》し豆腐《どうふ》とかにも」

「へえ、そうなんだ」意外という顔をされる。私《わたし》がなるべく添加物《てんかぶつ》がないものを使っているのを知っているから、めんつゆも手作りかと思っていたのかも。

「めんつゆや白出汁《しろだし》や鶏《とり》がらスープも買ったもの使ってるの。全部手作りに挑戦《ちょうせん》したこともあるけど、大変すぎて挫折《ざせつ》しちゃった」

「ふうん。そういうのもうちにはないな。そうめんも、外食でしか食べたことないし」

びっくりだ。私《わたし》はお店でそうめんを食べるなんて考えたこともなかった。美羽はスライスしていないミョウガを見るのも初めてだとかで「ミョウガってこんな形なんだ。つぼみみたいだね」と驚《おどろ》いている。

「うん。ここから白い花が咲《さ》くから、つぼみって言えるかも」

「へえ、本物のつぼみなんだ。かわいい形だよね」

「甘酢漬《あまずづ》けにすると、ピンクがかった紫《むらさき》になってもっとかわいくなるよ」

「もっとかわいくなるのかあ。漫画《まんが》で『このニンジンって、美人さんですよね』『このキュウリくんもイケメンですよ』っていう会話があったんだけど、その気持ちわかるな」

「なんの漫画《まんが》？」

「雑誌《ざっし》に載《の》ってたんじゃないかな。エッセイ漫画《まんが》で、野菜ソムリエの人たちの会話だった」

手ごろなめんつゆとミョウガを買って店を出る。ショウガは使いかけが家にあったので持ってきてある。

「流しそうめんやるってはりきってたけど」

「流しそうめん？　竹で作った道に流す？」

「うーん、どうだか」

ヒロの保育園《ほいくえん》のイベントでやったことがあるけれど、半分に割《わ》った竹を三本ぐらいつなげていたように思う。椅子《いす》の上に乗った保育士《ほいくし》さんがそうめんを流して、子どもたちが竹のまわりにむらがってキャアキャアさわいでいた様子が思い出された。水は水道からホースで出したんじゃなかったかな。まさかあんな大がかりなものではないだろう。第一家の中ではできないし。

美羽も似《に》たようなものを思《おも》い浮《う》かべたらしく、「まさか、ね」と笑った。

サッチの話題になっても動揺《どうよう》しない自分に気がついて不思議な気持ちになる。それどころか心がはずんでしまっている。

「流しで食べるとか？」と、美羽。サッチならやりそうだ。

「流しているように水に浮《う》かべるとか」と、私《わたし》。流しているようにっていうのは難《むずか》しいかな。

「氷の上に川みたいに、めん並《なら》べるのあるよね」

「もしかして七夕そうめん？　去年やってみたの。平たい氷作って川みたいにそうめん並《なら》べて、オクラや星型《ほしがた》のニンジン散らして」

「へえ。ヒロくん喜《よろこ》んだんじゃない？」

「うん。でもちょっと食べにくくて、いつもの一口大に丸めるほうがいいねってことになって、今年はやらなかった」

なんでもないおしゃべりが楽しくて、心がはずむ。

「ま、流しそうめんの謎《なぞ》は行ってからのお楽しみだね」「うん」

「お楽しみじゃないのは、つもる話のほうだよ」

美羽が眉《まゆ》を寄《よ》せて宙《ちゅう》をにらんだ。私《わたし》は『猫《ねこ》がじっと宙《ちゅう》を見つめているときは、じゃまをしてはいけない。猫《ねこ》は宇宙《うちゅう》のなりたちについて考えているのだから』という言葉を思い出した。なんの本だったかな。

「なーんか嫌《いや》な予感がする」「そうなの？」

美羽はしばらくサッチには会っていないという。

「二回ぐらい携帯《けいたい》に電話したけどつながらなくて、何かあったかなって気になってたんだよね」

「声は元気そうだったけど」

「むしろ元気すぎる感じだった」

美羽は、はあっと息をはいてから「ヒロくん、明日帰ってくるの？」と話を変えた。

ヒロは外遊びより家にいるほうが好きだったのに今は外を走り回っているらしいこと、

自由研究のことなんかを話しているうちに都営住宅《とえいじゅうたく》についた。サッチの家は一階の一番奥《おく》だ。

「おうっ、ひさしぶりぶりっ」

サッチが語尾《ごび》に小さい『っ』をつけて出むかえる。たしかに元気すぎる感じかも。私《わたし》とのいざこざ（？）は、きれいさっぱり忘《わす》れているのか、忘《わす》れたふりか、覚えているほどのことではないのか……。

薄暗《うすぐら》い玄関《げんかん》から中に入って、あれと思う。サッチの髪型《かみがた》が変だ。ザンバラ髪《がみ》というか、サイドと後ろが合っていなくて適当《てきとう》に切ったというか……、誰《だれ》かに切られた？

美羽がずんずん部屋に入っていって、サッチの肩《かた》をつかんでふりむかせる。

「なんなの、その頭」

「あー。自分で切った。きのう」

「切られたんじゃなくて？」

「いや、自分でズバッと。すげえ切れるハサミだった」サッチは、頭のてっぺんで結んでいた髪《かみ》を切るまねをした。

「あとでちゃんと切ってもらうよ、唯ちゃんに」

「え、私《わたし》？」びっくりして声がひっくり返る。いきなりなにを。

「ヒロ坊《ぼう》の髪《かみ》切ってんだろ？」

「あ、それは」

「ケチるなよ」ケチって、あなた。

私《わたし》は息を整えて説明する。「ヒロの髪《かみ》を切ってたのは保育園《ほいくえん》までで、今はお店で切ってる。千円カットの」

「千円かあ、痛《いた》いな。ま、しゃーないか。で、どこにあんのよ、その店」「駅前のパチンコ屋さんの横に」

「ねえ」美羽が口をはさむ。「つもる話って、このこと？」

「ま、これも含《ふく》めての話。飯食いながら話してやるよ」

「いいけど」

サッチは節をつけて「そうめん流し、そそそそ～めん」と言いながら段《だん》ボール箱《ばこ》を出す。

「ほんとに流しそうめんやるの？」

「そうめん流しだよ」

私《わたし》と美羽は「？」と顔を見あわせる。精霊流《しょうりょうなが》しという言葉がうかんだけど、ふさわしくないので言わなかった。

「ほれ」段《だん》ボール箱《ばこ》から五十センチ四方ぐらいの箱を取り出す。

「そうめん流しって書いてあんだろ」

「あ、ほんとだ。そうめん流し」箱のふたに書かれた文字を美羽が読み上げる。

「鹿児島《かごしま》のほうじゃ、こう言うんじゃね？」

「鹿児島？」

「ママが鹿児島出身でさ。これ置《お》き土産《みやげ》」

箱の中はプラスチックの桶《おけ》で、真ん中に中州《なかす》のようなくぎりがあってまわりに水を入れるようになっていた。どうやら、電池を使ってぐるぐる水がまわる仕組みらしい。

「コウタが好きでさ、一緒《いっしょ》に暮《く》らしてたころはよくやったんだよな」

サッチの声がはずんでいて、私《わたし》は少しほっとなる。自分を置いて出ていったお母さんのことをこんなふうにさらっと言えるサッチはすごいなと感心したら、急にまだ謝《あやま》っていないことを思い出した。

「あの、この間はごめんね。へんな言い方して」ちょっと早口になってしまう。

「ああっ？」サッチは首をひねってから、ひらめいた顔になる。

「あれか、赤鬼《あかおに》のことか？」赤鬼《あかおに》って！

思い出したくないぐちゃぐちゃの自分の顔がよみがえって、恥《は》ずかしさで顔が熱くなる。「やめてぇ」と小声で訴《うった》えると、「あ、また赤くなった。おもしれえ」とからかわれた。

「ね、電池あるの？　単一を二つ」

美羽が、電池ＢＯＸのふたを開けながら言う。

「あーそこのテレビの下。そっちじゃねえよ」

サッチがそうめんの箱を私《わたし》にぐいと押《お》し付《つ》けて、「んじゃよろしく」と電池をとりにいく。

ガス台の上にはずいぶん大きなアルミ鍋《なべ》が置いてあった。

私《わたし》は鍋《なべ》に水を張《は》って火をつける。何束ゆでればいいんだろう。ヒロと二人のときは三束だけど、この三人なら、六束ぐらいかなと思ってたら、「とりあえず十束な」とサッチの声がした。私《わたし》はあわてて鍋《なべ》の水を足した。

ミョウガを切って、ショウガをする。ゆであがったそうめんを流水でもみ洗《あら》いする。十束だから結構《けっこう》な量だ。

サッチがベランダの向こうの雑草《ざっそう》が生えたところから葉っぱをつんできた。

「ほら大葉」「え、食べられるの？」と美羽が嫌《いや》な顔をする。

「食えるよ。去年ママがプランターに植えてたやつなんだけど、枯《か》れたから土ごと外に捨《す》てたのな。そしたら勝手に生えてきた」

サッチがむしゃむしゃと食べてみせてから、私《わたし》に差し出す。形も匂《にお》いも大葉だったから、洗《あら》ってちょっとつまんでみると味もちゃんと大葉だった。刻《きざ》んで、ミョウガのとなりに並《なら》べる。

サッチは冷蔵庫《れいぞうこ》から二リットルペットボトルの水を二本だす。中は水道水で、ゆうべから冷やしておいたという。

そうめん流し器に水を注いでスイッチを入れると、ブーンという音とともに水が揺《ゆ》れた。

「いくぞ」とサッチが言うと同時に美羽が「はなれて！」と言った。

え、なにが？　と美羽の顔を見てからサッチを見たら、バシャンと水がかかった。サッチが、そうめんを勢《いきお》いよく投げ入れたのだ。サッチは菜箸《さいばし》で私《わたし》をさしてうひゃうひゃ笑っている。

「だっから、もう」美羽があきれた声を出す。「そうめん、だまになってるし」

ハンカチで顔を拭《ふ》いてそうめんを見ると、ぼてっと丸くしずんでいた。

「大丈夫《だいじょうぶ》ダイジョブ」とサッチが箸《はし》でほぐすと、かたまりがほどけてそうめんがぐるぐると流れ出す。流れは意外と速い。

「まわりそうめん?」とつぶやくと「コウタは、ぐるぐるそうめんって言ってたな」とサッチが言った。

「で」美羽が真剣《しんけん》な顔でそうめんを見ながら聞く。「どうやってすくうの? これ」

「すくうな。箸《はし》をぶっ刺《さ》して待て」サッチが、水の中に箸《はし》を立てると、そうめんがくるんと箸《はし》にまとわりついた。

「あ、できた」やってみると、簡単《かんたん》にできた。なんだか楽しい。

美羽も同じようにそうめんをとって、くふふと笑った。

「なにこれ、笑える」

「だろ、だろ?」サッチが大量にそうめんをとって豪快《ごうかい》にすする。

「あ、そうだ」思い出して、バッグからプチトマトの入ったタッパーを取り出す。「洗《あら》ってきたけど」

「さすが唯ちゃん」美羽がヘタをつまんで口に入れた。

サッチが口をもぐもぐさせながらお箸《はし》を振り回してこっちによこせというジェスチャーをする。タッパーを渡《わた》すと、タッパーをひっくり返してジャボンと水に入れた。

「あ。ヘタが」ヘタをとってくればよかった。

「もうっ、渋滞《じゅうたい》しちゃったじゃない」美羽が麺《めん》をほぐすみたいにトマトをつつくと、トマトとそうめんが一緒《いっしょ》に流れ出した。

「あ、なんかきれい」丸いトマトの赤と絹糸《きぬいと》のようなそうめんの白。緑色のものを入れたらもっときれいかもと思ったけれど、言うとサッチに大葉をざあっと入れられそうだったからやめておいた。

「刺《さ》さんねえじゃん」サッチがトマトを箸《はし》でつき刺《さ》そうとして失敗。美羽も苦戦している。そんなにむずかしいのかと緊張《きんちょう》しながら箸《はし》でつまむとあっさりとキャッチできた。

「なにちゃっかし取ってんだよ」

サッチがすごむ。すごまれるのにはだいぶ慣《な》れたけれど、やっぱりぎょっとしてしまう。そのうち平気になるのかな。

「あ、とれた」美羽が自慢《じまん》げにサッチに見せる。サッチがチッと舌打《したう》ちして素手《すで》でとろうとするのを美羽がすかさず阻止《そし》する。

「なにすんだよ」「手を入れるな」「いいだろ、神の手なんだから」「どこがよ」「箸《はし》を振《ふ》り回《まわ》すなよ」「そっちこそ」

じゃれあいがちょっと本気っぽくなってきたので、私《わたし》はあわてて台所からスプーンを持ってきてサッチに渡《わた》す。

「トマト、これですくったらいいと思うの」

たちまち騒《さわ》ぎが収《おさ》まった。

そうめん十束とプチトマトはあっという間になくなった。「あと五束はいけるな」とサッチが言ったけれど、美羽が「もういいよ。お腹《なか》いっぱい」と止めた。「それより、つもる話は?」

サッチは「ああ」とぼんやり返事してから、はっと気がついたように「そうなんだよ、それそれ」と身を乗り出して話し始めた。

夜中にゲームセンターで遊んでいたら、知らない女たちにからまれて大暴《おおあば》れしてパトカーが来たから逃《に》げたのだけど、そのとき助けてくれたのが「イケメンの翔《しょう》」。サッチのママと同じ鹿児島出身ということでもりあがって、翔のうちに泊《と》めてもらったのだそうだ。

「帰りたくなかったしな」

「かんべんしてよ」と美羽が額《ひたい》を抑《おさ》える。「危《あぶ》ないよ、それ」

「それがさあ、危《あぶ》なくなんかなかったんだよな」とサッチが残念そうに言う。

「いいムードだったんだけど、十二だって言ったら妹より下じゃんとかドン引きされちゃって。けど、これくれた。誕生日《たんじょうび》プレゼント」

サッチは、くまモンのキーホルダーとぬいぐるみを自慢《じまん》げに見せた。美羽がぬいぐるみをしげしげと眺《なが》める。目の位置がずれていてなんだか変な顔だった。

「これ、どうしたの？」

「クレーンゲーム。すんげえうまいの。一発でくまモン」

美羽がくまの頭についたタグを見て「やっぱり」とつぶやく。

「これ、くまモンじゃないよ」

ｋｕｍａｍｏｎｏ。『モン』じゃなく『もの』だった。

「まじか？」サッチもタグをよみ、キーホルダーも確認《かくにん》する。

「おー、こっちは本物だ。ほれ」キーホルダーをつきだしたので見てみると、本物のようだった。

「けど、気持ちがうれしいじゃん」サッチはぬいぐるみをだっこしてなでている。

サッチ、誕生日《たんじょうび》だったんだ。それで一人でいたくなかったのかな。

「ねえ。サッチってさそり座《ざ》じゃなかった？」

と、美羽が聞いた。え、そ、そうなの？　さそり座《ざ》って十一月ぐらいだよね？

「おう、よく知ってんな」

「じゃあ誕生日《たんじょうび》じゃないじゃない」

「コウタのだよ。コウタの誕生日《たんじょうび》」

弟さんの誕生日《たんじょうび》だったのか。

「でさ、朝起きたらもう仕事行っちゃってて。植木屋さんだって。朝ごはんにコンビニのサンドイッチが置いてあってさ。『ちゃんと家に帰れ』って書き置きがあって。なんかじーんときて、お礼に髪《かみ》置いてきた」

「は？　なにそれ」

「一宿一飯のお礼だよ。断髪《だんぱつ》つうの？」

「だんぱつううっ⁉」

美羽が大声をあげる。

私《わたし》はぽかんとサッチの顔を見る。サッチは真面目顔《まじめがお》だ。断髪《だんぱつ》って、お相撲《すもう》さんが引退《いんたい》するときに大銀杏《おおいちょう》を切る、あれ、だよね？

「アホか、あんたは‼」

「ほかにお礼になるもんなかったからな」サッチはしらっと答える。

「サッチは力士じゃないし、全然お礼になってないから。家に帰って髪《かみ》が置いてあったらキモイ通りこして怖《こわ》いだけじゃん。なに考えてんのよ！」

「いや、気持ちだから。そんで、チャンピオンになることに決めた」

サッチは、ｋｕｍａｍｏｎｏを高々とあげて宣言《せんげん》した。

「ひゅっ」美羽がおかしな息の吸《す》い方《かた》をしてむせた。

私《わたし》はもうこれ以上ないぐらいのぽかん顔でサッチを見る。サッチは真面目《まじめ》をさらにパワーアップした大真面目顔《おおまじめがお》になっている。

チャンピオンって、なんの？

サッチがファイティングポーズをとる。それって、ボクシング？

「その翔って人がボクシングやってるとか？」美羽が聞く。

「おう。プロテスト受けるんだってよ」

そうか、そういうことかと頭を整理する。

「見ろ」Tシャツのそでをめくりあげると、肩《かた》のあたりに『吉田実代《よしだみよ》』と書いてあった。

名前？　誰《だれ》の？　と考えていると、美羽がきつい声で「タトゥー？」と腕《うで》をつかんだ。

「じゃないか、マジック？　消えるよね？　誰《だれ》が書いたの？　っていうか誰《だれ》の名前？」と矢継《やつ》ぎ早《ばや》に聞いている。

忘《わす》れないように書いてと頼《たの》んだのはサッチで、マジックで書いたのは翔。吉田実代は鹿児島出身のプロボクサーで世界チャンピオンなんだそうだ。

「ユーチューブで見たんだけどさあ。かっこいいんだ、これが。あこがれちゃうよなあ。拳《こぶし》一つでてっぺんとるんだぜ。もうこれだ！　って体震《ふる》えたね」

「あ、そ。がんばれ」美羽が気のない声で言う。

「早くジム通いてえな。金がなあ」

サッチがぬいぐるみをもったまま、立ちあがってシュッと拳《こぶし》をつきだす。

「とりあえずロードワークならタダじゃん？　今朝も早起きして走ってきたんだけどさ、結構《けっこう》いい感じなんだな、これが」

「へえ」美羽が小さい声で「本気かなあ」とつぶやく。

「まずプロテストだろ、日本チャンピオンだろ、次世界チャンピオンだろ」

サッチがスッとボクシングのかまえをして、宙《ちゅう》をにらみつける。見えない敵《てき》を見据《みす》えているようでもあり、もっと遠くを見ているようでもあった。本気で目指すつもりなのだとわかる、覚悟《かくご》を決めた目だと、私《わたし》は思った。同じ目をどこかで見たことがある。どこでだろう……そうだ母さんの目だ。

お葬式《そうしき》のときの母さんの目。父さんがいない世界でも、ちゃんと生きていく覚悟《かくご》の目だったのかもしれない。母さんは泣かない人なのではなくて涙《なみだ》を飲《の》み込《こ》んでいる人なのかもしれないと、ふいに思う。飲《の》み込《こ》んだ涙《なみだ》は水風船にして、母さんは笑いながら涙《なみだ》の水風船をはずませているのかもしれない。

サッチはステップをふみながらシャドーボクシングのようなことをしている。見よう見《み》真似《まね》なんだろうけれど、サマになっていた。

「絶対《ぜったい》チャンピオンベルトまくからな、見てろよ」シュッと口で言いながら、美羽の顔に拳《こぶし》を出す。当たりはしないけれど、美羽は頭をふってよけてから「見てるよ」と言った。

サッチの動きがピタリととまる。

「お前、てきとうなこと言うなよ。実代さまだって、三十すぎて世界チャンピオンになったんだぜ。それまで見てられるわけねえじゃん」

「誰《だれ》も近くで見てるとは言ってない」

「じゃどういうことだよ」

「ネットとか新聞とか」

「そうか。そうだな」サッチは感心した声でつぶやいてから、「おぼえてろっ」とすごんだ。その台詞《せりふ》は変な気がしたけれど、それよりも私《わたし》の頭にはチャンピオンベルトをまいたサッチの姿《すがた》が浮《う》かんでいた。すごくキマッていた。

「いいよ、それ」思わず声がでた。

「夢《ゆめ》をもつのって、すごくいいことだと思う」

「ああ?」サッチがふふんと鼻で笑う。

「夢《ゆめ》とかぬるいこと言ってんじゃねえよ」

「そ、そうかな。そしたら、目標、目的?」

「目的って、なんの？」

私《わたし》は『サッチ、からまないで〜』と思いながら、言葉を続ける。

「生きる目的、かな」

サッチが「ぶははは」とわざとらしい笑い声をあげる。

「そんなもん、はなから決まってんだろうが」

目をぱちくりさせていると、サッチがあきれ顔をしてみせる。

「しゃーないな、初心者だもんな」え？　初心者ってなんの？

「生きる目的は――」ビシッと人差し指をつきつける。

「生き抜《いぬ》くことだよ」

これは禅問答《ぜんもんどう》かなにかのような。深いような当たり前のような。

「ヤンキーの鉄則《てっそく》だからな、おぼえとけ。な？」

と美羽に同意をもとめる。

「な？　ってなによ。あたしはヤンキーじゃないし、そもそもヤンキーの定義《ていぎ》ってなんなのよ」美羽がムキになって言う。

「そんで、一つ気になってることあってさ」

サッチは美羽の言葉を無視《むし》して話を変えた。

「焼き印押《お》されたのな。どういうつもりかわかんねえけど、なんか変な趣味《しゅみ》あんのかな」

……焼き印って……。私《わたし》は茫然《ぼうぜん》とする。まさか焼きごてで印つけるのじゃないよね？

「ここ、見ろよ」サッチがくるりと後ろをむいて、首のあたりを指す。

「なにもないけど？」美羽が疑《うたが》い深《ぶか》そうに言う。

サッチは手を後ろにまわしてＴシャツの襟元《えりもと》をぐいとひっぱる。

「この首のすぐ下あたり」「え？」

サッチは舌打《したう》ちをしてＴシャツをがばっとぬぎ、胸《むね》のすぐ下までのタンクトップ一枚《まい》になった。「ここだよ」

タンクトップのすぐ上に楕円形《だえんけい》の赤いあざのようなものがある。サッチはそのことを言っているのだろうけど、目をひいたのは、タンクトップからはみだしたケロイド状《じょう》のひきつれだった。

「どうしたの、これ」美羽が低い声で聞く。

「だっから、気づいたらあったんだって。寝《ね》てる間にやられたんだろうけど、痛《いた》いとかなかったし」

「結構昔《けっこう》の傷《きず》？」美羽が聞いたのは、ひきつれのことだ。

「ああ？　どこ見てんだよ、上だよ、上」

「え、ああ。なんなのこれ。きれいな楕円形《だえんけい》だけど」美羽があざの横を指でなぞる。

「それ……」私《わたし》には見覚えがあった。

「湿疹《しっしん》。確《たし》か貨幣状湿疹《かへいじょうしっしん》っていうんだと思う」

「湿疹《しっしん》？　焼き印じゃねえの？」

「うん。ヒロがなったことあって。薬ぬればすぐ治るはず」

「あ、そう。湿疹《しっしん》。どうりでかゆいと思った」サッチはTシャツをかぶりながらニヤニヤした。「よかったよ、変な趣味《しゅみ》の男じゃなくて」

美羽は、むずかしい顔をして黙《だま》っていた。

「おし。ちゃっちゃ片《かた》づけて出かけようぜ」

サッチが張《は》り切《き》った声を出す。出かけるって、どこへ？

聞こうとする前にサッチがそうめん流し器を乱暴《らんぼう》にもちあげて水がバシャバシャと散らばる。あわてて台拭《だいふ》きで拭《ふ》いたけれど、全然足りなくて、サッチがつま先をあげて示《しめ》した冷蔵庫《れいぞうこ》にぶらさがったタオルを使った。

「で、どこ行くのよ」

美羽が食器を運びながら聞く。サッチは「すんげえいいとこ」ととぼけている。

「どうする？」美羽が聞く。このあとは美羽と私《わたし》で話すことになっていたからだ。

「なにこそこそ話してんだよ。唯ちゃんが行かなきゃ意味ねえから」

と、サッチ。

「え、私《わたし》？　なんで？　どこ行くの？」

「だっから秘密《ひみつ》だよ。唯ちゃんのびっくりした顔見なきゃな」

「勝手なこと言って。唯ちゃんだって都合があるんだから」

「けど、明日はヒロ坊《ぼう》帰ってくる日じゃん。今日が都合いいんだよ」

サッチが真剣《しんけん》な顔で私《わたし》を見た。まっすぐなまなざしだ。大きな目にすいこまれそうな気がして私《わたし》は目をしばたたく。

「ほら、唯ちゃん困《こま》ってるじゃない」

「なんで困《こま》るんだよ」

「だからサッチが」

「あの」と私《わたし》は口をはさむ。

「今日で大丈夫《だいじょうぶ》。暗くなる前に帰れれば」

「ほらな」とサッチは美羽に言う。

「ザマーミロ」

なぜか得意気《とくいげ》な顔をしていた。

7

「ちゃんとした格好《かっこう》してくる」とサッチが着替《きが》えている間、私《わたし》と美羽は外で待っていた。

「これ、なあ」美羽が小銭《こぜに》の入った密閉袋《みっぺいぶくろ》をかざす。サッチが「電車賃《でんしゃちん》」と渡《わた》したものだ。

「唯ちゃんがびっくりするとこって……。心当たりは？」

私《わたし》はわからないと首を横にふる。

浮《う》かぶのはヒロがいる栃木だけど、さすがに違《ちが》うだろう。ヒロは明日には帰ってくるし、第一、袋《ふくろ》の小銭《こぜに》では電車賃《でんしゃちん》が足りない。

「……大丈夫《だいじょうぶ》？」美羽が突然《とつぜん》聞く。

「強引《ごういん》だし、すぐすごむし、口悪いし、暴力的《ぼうりょくてき》だし、自己中《じこちゅう》だし。あたしもときどき本気で頭くるけど、でも」

サッチのことだ。『でも』のあとに続く言葉はなんだろう。美羽が考え中の顔で私《わたし》を見るから、「でも」と私《わたし》が続けてみる。私《わたし》の中でサッチが嫌《きら》いだと思ったことは撤回《てっかい》されていた。苦手なところはたくさんあるけれど。

「でも……。すごいなあって思う」

サッチは強い。ちゃんと自分の足でふんばって立っている。それは美羽も同じだ。もちろん母さんも。

「意外と心配性《しんぱいしょう》なとこあってさ。唯ちゃんのこと気にしてたんだよね、前から」

「え？　サッチが？」

「うん。唯ちゃんは家のことをやらされてるのかとか、自分の時間はあるのかとか、がんばりすぎじゃないのかとか」

言われていることの意味がつかめなくて、首をひねる。

「そういう苦労をしている子が、まわりに何人もいたんだって」

「私《わたし》は苦労は……してない、と思う」

「気になるなら自分で聞けばって言ったんだけどね。それは角がたつとか言ってて」

「…………」

「よけいなお世話かもしれないけど、まあサッチなりに心配してるんだよ」

そう、なのか。心配してくれてるのか。あの日もやっぱり心配して来てくれたんだろうな。

足元の石ころをぽんと蹴《け》とばす。石は思ったより遠くまで転がっていった。

「だけどサッチは、どうして私《わたし》のことを気にしてくれるのかな」

「友だちだからでしょ」

美羽があっさりと答える。私《わたし》は驚《おどろ》いて美羽の顔を見たけれど、美羽はまっすぐ前を見ていた。

「しっかりしろよ、大人たち！　って言いたいね、あたしは。でもうちのママ見てると、大人も結構《けっこう》いっぱいいっぱいなんだなって思うし」

美羽は、肩《かた》をすくめてから私《わたし》に顔をむける。

「ま、お互《たが》いに協力しあうってことで」

「お互《たが》い……」胸《むね》の中でつぶやいたつもりが声になっていた。

「そ。あれ？　迷惑《めいわく》、とか？」

ううん、そんなことないと、首を横にふる。私《わたし》は二人みたいに強くない。けれど。

「私《わたし》も力になりたい。たいしたことできないけど、でもあの」だんだん小さい声になってきたことに自分で気が付いて、力を入れ直す。

「がんばって協力する！」今度は声が大きすぎてしまった。あわてて口を押《お》さえたけれど、もう遅《おそ》い。

美羽がくふんと笑って「がんばることはないよ。そのままで」と言った。

「あ、来た」美羽が後ろをあごで示《しめ》す。

サッチは急ぐふうでもなくぶらぶらと歩いてきた。黒地に南国のカラフルな鳥がプリントされたアロハのようなものに、ふくらはぎまでの白いサブリナパンツ、銀色のサンダルという出《い》で立《た》ちだ。髪《かみ》はワックスかなにかでサイドをなでつけている。ちゃんとしてるかどうかは微妙《びみょう》だけど、似合《にあ》ってはいた。

「んじゃ、行くか」だるそうに首をまわしてコキコキと鳴らす。

「どこ行くか教えてよ。気持ち悪いじゃん」と美羽。

「川口《かわぐち》。ＪＲ《ジェイアール》で行く。以上」サッチは、これ以上は教えないというようにぎゅっと口を結ぶ。

「ふうん。川口かあ」美羽が懐《なつ》かしそうに言う。

「行ったことあるの？」

「うん。昔、ね。親の友だちが住んでて」

美羽が「親」というときは離婚《りこん》して今は離《はな》れて暮《く》らしているお父さんのことだ。私《わたし》は黙《だま》って次の言葉を待った。

「なにこそこそ話してんだよ」

サッチが美羽の肩《かた》に手をかけて話に割《わ》りこんできた。

「触《さわ》るな」と美羽がサッチの手をふりはらう。

「すぐに触《さわ》るのやめてってて、何度も言ってるじゃん」

「照れるなよ」

「照れてないし」美羽はふいに真面目《まじめ》な顔をした。

「サッチ。やっぱ気になるから聞くね。答えたくなければ答えなくてもいいから」

「なんだよ。行き先なら言わねえよ」

「じゃなくて。あの背中《せなか》の傷《きず》って、なに」

わわ。まさかの直球。私《わたし》は硬直《こうちょく》してしまう。それは、触《ふ》れてはならないことだと……。

サッチは不思議そうな顔を美羽と私《わたし》にむける。

「ええ？　あれ？　自分じゃ見えないから気にしてねえけど。変？」

「変ではないけど、なんの傷《きず》かなって気になる」

「覚えてないのよ、チビのころだったから。母親にやられたらしいんだけど。そもそも母親の顔も覚えてないしね。そのあとに来た別の女なら覚えてる。気に入らなくて追い出してやったからな」

ヘビーな話に私《わたし》はくらくらしてきた。美羽は、なんでもない顔をしている。

「傷《きず》なら、もっとすごいのがあるぜ。丸鋸《まるのこ》でズザッとやったやつ。これは自分でやったんだけどな。見たい？」サッチは、左太ものの内側をぺちぺちとたたく。

「見たくない」美羽は、ちょっと考えてから「コウタくんを連れて出ていった鹿児島出身のお母さんは、三番目のお母さんってこと？」と聞く。そんなことまで聞くなんて……と思ったけれど、サッチは平気な顔をしている。

「おいおい。ママって母親って意味じゃねえよ。親父《おやじ》が通ってたスナックのママだからママ」

「えええっ⁉」美羽が大声をあげる。私《わたし》は驚《おどろ》いて声もでない。

サッチの話によると、『ママ』はお店が潰《つぶ》れて行くところがなくて、コウタくんと二人でサッチの家に身を寄《よ》せていただけらしい。

「二人がいる間は親父《おやじ》は帰ってこなかったけどな」

本当はひと月ほどの予定が、三年も一緒《いっしょ》にいたという。

「そしたら……」美羽が首をひねりながら聞く。

「母親が弟連れて家を出ていったって言ってたよね？　あれは、なに？」

「夢《ゆめ》の名残《なごり》だよ。ひょっとしたらこのまんまずっといてくれんじゃねえかとか、そしたら血がつながってなくてもほんとの家族だなとか。夢《ゆめ》見ちゃってたからな。んなわけねえっての。おい、金」

手を出されてはっとする。地下鉄の券売機《けんばいき》の前にきていた。お金の袋《ふくろ》は私《わたし》がバッグに入れて預《あず》かっていたのだった。


電車に乗ってからは、なんとなくしゃべらなかった。むかいに座《すわ》ったサッチは腕《うで》も足も組んで目をとじているし、隣《となり》の美羽は考え事をしている猫《ねこ》のように宙《ちゅう》をじっと見ていた。

私《わたし》はサッチの銀色のサンダルからのぞく紫《むらさき》に塗《ぬ》られた爪《つめ》を見るともなしに見ていた。

あの背中《せなか》の傷《きず》は、やけどのあとのようだった。母親にやられたと言っていたけれど、事《じ》故《こ》？　それともわざと？　「目的は生《い》き抜《ぬ》くこと」という言葉がずしりとくる。

サッチが荒野《こうや》をずんずん進んでいくイメージが浮《う》かぶ。持っているのは干《ほ》し肉《にく》と水の入った革袋《かわぶくろ》とナイフと……ってこれじゃ西部劇《せいぶげき》だ。似合《にあ》うけど。夕日を見ながら干《ほ》し肉《にく》と豆の缶詰《かんづめ》を食べていたりして。槍《やり》を持って獲物《えもの》を追いかけてる姿《すがた》というのも似合《にあ》うかも。ナイフでイノシシをさばいている姿《すがた》とか。

好き勝手な想像《そうぞう》をしていたら降車駅《こうしゃえき》に着き、ＪＲに乗《の》り換《か》えた。

ホームで電車を待っていると、とんとんと肩《かた》をたたかれた。振り返ると、少し年下の女の子が立っていた。髪《かみ》を流行のボブカットにして、肩《かた》の出ているＴシャツとロングスカート。服装《ふくそう》は大人っぽいけれど、顔を見れば小学生だろうとわかった。目をきらきらさせて、人懐《ひとなつ》こそうな笑《え》みを浮《う》かべている。

「ひさしぶり」小鹿のようにぴょんと飛びはねて近くに来る。背負《せお》ったリュックにつけたいくつものキーホルダーがチャランと鳴る。

その中に鈴《すず》の音が混《ま》ざっていた気がする。

鈴《すず》……！　もしかして。

公園の砂場《すなば》で穴《あな》を掘《ほ》っていた一年生の女の子の姿《すがた》がよみがえる。少し吊《つ》り気味《ぎみ》のアーモンド型《がた》の目。

「……きららちゃん？」

「よかったあ。忘《わす》れられたかと思った」

忘《わす》れるわけがない。忘《わす》れようとしたけれど、ずっとひっかかっていた。

きららちゃんがホームの先にむかって手をふる。「すぐ行く！」

似《に》たような服装《ふくそう》の二人組の女の子が手をあげて応《こた》えた。きららちゃんは、また私《わたし》の顔を見て早口で言った。

「あのときはありがと。直接《ちょくせつ》言いたかったんだ」

お礼を言われるなんて！　お礼を言われることなんてやっていない。違《ちが》う。言うべきことがあるのは私《わたし》だ。

「じゃっ」手の平を見せてクルリと背《せ》を向ける。リュックのキーホルダーがまたチャリンと鳴る。ホームに発車メロディが流れ、せかされた気持ちになる。このまま別れてしまったら、もう二度と会えないかもしれない。今、言わなければ。

「ま、待って！」言わなければ、ちゃんと。

きららちゃんが、え？　と顔だけ振《ふ》り返《かえ》る。

「あの。ごめんなさい」

「なんで？」きららちゃんは目をみひらく。

「私《わたし》」声が少し震《ふる》えたけれど、かまわずに言う。

「待っててくれたのに、私《わたし》、何も言わないで行かなかった」

「そうだっけ？」きららちゃんは首をひねる。

「きららあ」ホームの先から女の子の声が響《ひび》く。「もう行っちゃうよ！」

「やだ、待って！」きららちゃんは、にっこりと笑うと胸《むね》の前で手をふり、走っていった。きれいな笑顔《えがお》だった。

私《わたし》はほーっと息をついた。よかった。謝《あやま》ることができてよかった。きららちゃんの笑顔《えがお》がきれいでよかった。

「知り合い？」美羽が聞く。

「うん。あの子が一年生のとき、ちょっとしゃべっただけなんだけど」

ふうんと美羽が不思議そうな顔をする。美羽には全部話したいなと私《わたし》は思う。

「今度ゆっくり聞いてもらえる？」

「もちろん。ゆっくりたっぷり話して。いつでもいいよ」

私《わたし》の腕《うで》をぺちんとたたいたのはサッチだった。

「ぐだぐだしてんじゃねえよ」すごみをきかせた声で言う。

「次のには乗るからな」

「わかった。わかった」私《わたし》は二回同じことを言って、サッチに「ちっ」と舌打《したう》ちされた。


サッチが連れていったのは住宅街《じゅうたくがい》の小さな公園だった。

古くからの一軒家《いっけんや》が続く間にぽっかりと作られている。コンクリ動物のピンクのウサギと、たぶんブランコがあっただろうと思われる支柱《しちゅう》、銀杏《いちょう》の木の近くにベンチが一つ。砂利石《じゃりいし》の間には雑草《ざっそう》が生えて、あちこちにかたまりを作っている。人は他に誰《だれ》もいなくて、そこだけ忘《わす》れられたような異空間《いくうかん》にも見えた。

サッチがウサギにまたがった。にっこり笑ったウサギは相当古いものらしく、顔にも胴《どう》体《たい》にも無数の傷《きず》とひび割《わ》れがあった。鼻の先っぽも少し欠けている。

「似《に》てるだろ」とサッチが言った。

『ふしぎの国のアリス』のウサギでも『ピーターラビット』でもないし……、ひょっとしたらＣＭで見たことのあるウサギかと記憶《きおく》をたどったけれど、わからない。私《わたし》はしかたなくだまってウサギの鼻をそっとなでた。

「ちゃんと見ろよ」とサッチがあごでむこうがわをさす。え？　とサッチの目の先を追ったけれど、銀杏《いちょう》の木とベンチしかない。

「きつねの窓《まど》で見てみろよ」

「安房直子《あわなおこ》の？」美羽が声をあげた。「好きだったなあ、あの絵本。いもとようこの絵がまたよくて」うんうんと私《わたし》はうなずく。

子狐《こぎつね》に青い桔梗色《ききょういろ》に染《そ》めてもらった指で作る窓《まど》。切なくて悲しくて涙《なみだ》の味がするのにどこかしんみりとあたたかくなるお話だ。

「これやるの、ひさしぶりかも」美羽は、指でひし形をつくってぐるりと公園の中を見まわしている。

私《わたし》もきつねの窓を作って目の前にかざす。

「しゃがんで。下からあおってみ」サッチが私《わたし》の肩《かた》を押《お》してしゃがませる。ひし形の向こうに、草のかたまりがひろがる。

「似《に》てんだろ、あの庭に」

私《わたし》は驚《おどろ》いてサッチの顔を見る。あの庭って永遠《えいえん》の庭のこと？

「絵葉書見たときピンときたんだ、ここだって。大切なんだろ、知らんけど」

もう一度窓《まど》を見る。ここには緑の空気で風がさわさわと葉をゆらして……と想像力《そうぞうりょく》を働かせてみる。

ううう。がんばれば、草原の雰囲気《ふんいき》には近づけるけれど、やっぱりこれはかなり無理があるような気が。

でもなんだかうれしい。サッチが庭を大切だって言ってくれた、それだけでここまで来たかいがあるかも。

もう一度、窓《まど》をのぞいてみる。そのとたん、わかってしまった。

きっとこれ、口実だよね？

なにかほかの理由があってここに来たかったんだよね？

まったく、もう。利用するなんてひどいよ、サッチ。

けれども、お腹《なか》の底からぷくぷくぷくとわきあがってきたのは、炭酸水《たんさんすい》の泡《あわ》のような笑いだった。

ヤラレターって、こういうときに使うのかな。

「見えた？」美羽がかがんで聞く。「似《に》てるの？　大切なとこに」

私《わたし》は笑いながら「すごくちょっぴり」と答える。

美羽は「やっぱり」とつぶやくと、「で、ほんとは？」とサッチに聞く。美羽もほかに理由があると気づいていた。

「ほんともなにも、唯ちゃんに見せようかなと」

サッチにはめずらしくごにょごにょした口調だ。またウサギにまたがって、通りの向こうに目をやる。同じデザインの新しい建売住宅《じゅうたく》が三軒《げん》、その横に古くからあったような家が何軒《なんげん》か並《なら》んでいる。

「あっちになにかあるの？」

「うーん」サッチはウサギの顔をぐりぐりなでまわしながら「コウタにさ、新しい携帯《けいたい》番号とか教えなきゃって」と言った。

コウタくんとママが新しい父親と、この近くに住んでいるとのこと。

「あたしもさ、同じ夢《ゆめ》を何度も見るんだよ」とサッチは私《わたし》に言う。

「暗くてせまい部屋でコウタが泣いてる夢《ゆめ》。ほら多いだろ、連れ子が新しい旦那《だんな》に虐待《ぎゃくたい》される話。正夢《まさゆめ》かもってさ」

「家、わかってるの？」と美羽。

「あそこの青い屋根の家。年季の入った二階建ての」

「行ってみる？　つきあうよ」美羽は、言うなり歩きだした。サッチがあとを追う。三人でぞろぞろ訪《たず》ねていったら変じゃないかなと思いつつ、私《わたし》も遅《おく》れてあとからついていく。

「この家で間違《まちが》いない？」美羽の言葉にサッチがうなずく。

美羽がチャイムを押《お》す。「ピンポーン」と思ったより大きな音が響《ひび》き、同時にサッチが脱兎《だっと》のごとく逃《に》げ出《だ》した。

「唯ちゃん、追いかけて！」美羽に言われてあわてて私《わたし》も走り出す。

サッチはあっという間にさっきの公園のウサギにたどりついていた。私《わたし》は息があがってぜいぜいしていた。短い距離《きょり》だけど、体育の時間にだってこんなに全速力で走ったことはない。がくがくするひざに手をついて、あえぐように聞く。

「な、ん、で、逃《に》、げ、る、の？」

「逃《に》げてねえよ」サッチは走ったことなんて忘《わす》れたみたいに涼《すず》しい顔でウサギにまたがった。目は通りのむこうに向けられている。

「旦那《だんな》が出てきたら嫌《いや》じゃん。あ、コウタだ」

サッチが立ち上がる。振り向くと、ドアの外に美羽と男の子が立っていてこちらを見ているのがわかった。美羽がおいでおいでをしている。

「お、こっち見てる。コウタ、なんか、背《せ》えのびたんじゃね？」

「早く行ってあげて。私《わたし》はちょっと無理」

息がまだ整わなくて胸《むね》が苦しい。サッチといるとしょっちゅうぜいぜいしてる気がする。あ、二回目だけど。

「しょーがねえな。ベンチに座《すわ》って草むらの小人たちと話してな」

「小人たち？」

「お前ら、しょっちゅうそういう話、してんじゃん。メルヘンなやつ。ったく世話がやける」と最後はぼやきながら、ぶらぶらと美羽とコウタくんのほうへと歩いていく。

世話がやけるのは、サッチだよ〜と思いながら私《わたし》はベンチに腰掛《こしか》ける。すうっと力がぬけてほっとなる。

さわさわと銀杏《いちょう》の葉がゆれる。

木漏《こも》れ日《び》がちらちらと私《わたし》の腕《うで》に模様《もよう》を作る。

日差しがだいぶ傾《かたむ》いていた。ブランコの支柱《しちゅう》に日があたって光っている。

何かが飛《と》び跳《は》ねた気がして、足元を見る。

草むらの小人たち、かあ。そういう童話がありそうな気がする。

足元の雑草《ざっそう》に目をこらす。目に見えないぐらい小さな人たちが、草につかまって遊んでいるところを想像《そうぞう》しながら、きつねの窓を作ってのぞく。ここが永遠《えいえん》の庭に似《に》ているなら、どこの空き地でも同じ。雑草《ざっそう》が生えていればきつねの窓で見られる。くすっと笑ってから、それってすてきだなと思う。

小さい世界。きっとそれは世界につながっている。

私《わたし》はぐうんとのびをして空をあおぐ。葉の間から、ほんのりオレンジがかった水色の空がのぞく。

そういえば今夜は新月だって美羽が言っていた。星がきれいに見えるかも。昔、栃木で父さんと見た夜空を思い出す。空いっぱいの星だった。流れ星がいくつも流れていたから流星群の夜だったのかもしれない。

通りに目をやると、むこうから美羽とサッチが歩いてくるのが見えた。二人とも楽しそうでほっとなる。よかった。コウタくんも心配ないようだ。

私《わたし》はまたきつねの窓をのぞく。

窓《まど》の中には美羽とサッチ。サッチが公園の入り口でまたワンツーとパンチをだす。ボクサーになるってコウタくんにも言ったのかな。

帰ったら、イルカの子のお話を書こう。どんなお話になるか、自分でもわからないけれど、なんだか楽しくなってきた。

【イルカの子《こ》】吉川唯《よしかわ》

イルカの子は、生まれたときからいるこの海がだいすきだ。いつだって、仲間といっしょ。サンゴ礁《しょう》の海で小さな魚たちとおいかけっこをしたり、鳥たちとおしゃべりをしたり、光の中をくるくるまわったり。流木があったら、大はしゃぎ。くたくたになるまであそんで、かあさんととうさんのところにもどる。静かな海で目をとじると、あたたかくてゆったりとした歌がきこえてくる。その歌をきいていると、とってもあんしん。だから、まいにちがだいすきだ。

いつものように、あそんでいるときのこと。

どこかから声が響《ひび》いてきた。はじめてきく声だ。

「もっと遠くへ。もっと広いところへ」

水面に顔をだして、あたりをみまわす。

だれもいない。胸《むね》がざわざわする。

それは、いままで感じたことのない気持ちだった。

イルカの子は、気のせいだと思うことにした。ざわざわは、あぶない感じがした。

それなのに。

声は消えなかった。消えないどころじゃない。知らん顔をすればするほど、大きく響《ひび》くようになった。みんなとあそんでいても、かあさんのそばにいても、なんだかおちつかない。

なにかが変わってしまったのだ。

なんなんだろう、この気持ちは。

なんなんだろう、あの声は。

満月の晩《ばん》。イルカの子は、月にむかってまっすぐ泳ぎだした。

みんなには、なにもいってこなかった。ひきとめられたら、やめてしまいそうだったから。がんばれよっていわれたら、泣いてしまいそうだったから。なぜ行くのってきかれたら、わからないとしか答えられないから。

イルカの子は、ふりかえらなかった。

イルカの子は、ぐんぐん泳いだ。海は、どこまでも続いていた。まいにちは、ドキドキの連続。はじめて見る生き物。はじめての水の色。肌《はだ》をなでる水の感触《かんしょく》も、これまでとは全然ちがう。ときどきは意地悪をされて、ときどきは意地悪をしてやった。おなかがすいてへとへとなときもあったし、あぶない目にもあった。夜もあんしんして眠《ねむ》れない。それでもイルカの子はぐんぐん泳いだ。

ところがあるとき。

イルカの子は、動けなくなってしまった。つかれたのだ。夜の海にうかんでいると、かあさんやとうさん、仲間たちをおもいだした。耳をすませてみたけれど、あのやさしい歌はきこえなかった。イルカの子は目をとじた。

たぷんと音がした。

たぷんたぷんたぷん。

波の音だけ。それだけ。
イルカの子は目をひらいた。夜の空と夜の海がひろがっている。
そう、ここは海だ。空もある。星もある。風もふいている。
この海は、みんなとすごした海とつながった海。
だけど、ちがう海。
今いるところが自分の海。
あたしは生きている。
イルカの子は、また泳ぎだした。
イルカの子は、であうものすべてがおもしろい。
そして、泳ぎ続ける自分がだいすきだ。
輪郭《りんかく》をなぞる水を感じながら、イルカの子は思う。
だれかがとなりにいてくれたら、きっともっとすてきだな、と。
この風の話をできるだれか。
銀色に輝《かがや》く海を、いっしょにジャンプできるだれか、が――。

おしまい

【参考文献】

『銀河鉄道の夜』宮沢賢治――偕成社
『銀河鉄道の夜――宮沢賢治童話集Ⅱ――』――岩波書店
『長くつ下のピッピ』アストリッド・リンドグレーン（作）、大塚勇三（訳）――岩波少年文庫
『ピッピ　南の島へ』――同右
『ピッピ　船にのる』――同右
『立原えりか作品集①幸福の家』――思潮社
『真夜中は稚魚の世界』坂上治郎――エムピージェー
『フィンランド・森の精霊と旅をする』
リトヴァ・コヴァライネン、サンニ・セッポ（著）、上山美保子（監修）、柴田昌平（訳）――プロダクション・エイシア
『ムギと王さま　本の小べや1』ファージョン（作）、石井桃子（訳）――岩波少年文庫
『きつねの窓』安房直子（作）、いもとようこ（絵）――金の星社

長崎夏海（ながさき・なつみ）

1961年、東京都生まれ。2000年、『トゥインクル』（小峰書店）で第40回日本児童文学者協会賞受賞。本書の前作にあたる『クリオネのしっぽ』（講談社）で第30回坪田譲治文学賞受賞。他の著書に『あらしのよるのばんごはん』（ポプラ社）、『レイナが島にやってきた！』（理論社）、『ライム』（雲母書房）、『長崎夏海の直球勝負』（プラス通信社）など多数。

佐藤真紀子（さとう・まきこ）

1965年、東京都生まれ。挿画を担当した作品に『クリオネのしっぽ』（講談社）、『ちいさな宇宙の扉のまえで　続・糸子の体重計』（童心社）、『神様のパッチワーク』（ポプラ社）、『チャーシューの月』（小峰書店）、「バッテリー」シリーズ（教育画劇）など多数。

夢《ゆめ》でみた庭《にわ》

2024年9月17日　第1刷発行

著者…………長崎夏海《ながさきなつみ》
発行者…………森田浩章
発行所…………株式会社　講談社
〒112-8001
東京都文京区音羽2-12-21
電話　編集　03-5395-3535
販売　03-5395-3625
業務　03-5395-3615
印刷所…………株式会社精興社
製本所…………株式会社若林製本工場
本文データ制作……講談社デジタル製作

KODANSHA

N.D.C. 913　174p　20cm　ISBN978-4-06-536898-5

本書は、書きおろしです。

本文用紙の原料は、伐採地域の法律や規則を守り、森林保護や育成など環境面に配慮して調達された木材を使用しています。【本文用紙：中越パルプ工業　ソリスト（N）】

もうひとつの『夢でみた庭』

第30回 坪田譲治文学賞受賞作

クリオネのしっぽ

著 長崎夏海
絵 佐藤真紀子

中2の6月。美羽は、学校というところは友だちをつくったり、楽しく過ごすための場所ではなく、「公共塾」だと考えることにした――。いじめの首謀者に逆らい、暴力を振るったことで浮いた存在になってしまった美羽は、転校してきたヤンキー・幸栄に対し、「かかわりたくない」と強く意識しながらも、幸栄との接点がどんどん増えていく自分に気がつく。母親が徐々に自立していく過程や、クラスメート・唯のむき出しの本心に触れながら、美羽自身も世界と自分とのつながりに目を向けはじめ、そここそが輝いていることに気がついていく。中学2年生特有の、あのもやもやとした時期を切り取った、どこかドライで、どこかリアルな青春小説。